NICOLETTE VERSTEGE

Heiratsdeal

MIT

HINDERNISSEN

Auflage 1 | Februar 2021

Bilder:

https://www.shutterstock.com

Braut@ ladie_c

Hintergrund@ Morozova Oxana

https://de.depositphotos.com/

Herz@ mtkang

Covergestaltung: Nicolette Verstege

Korrektorat/Lektorat: Jeannette Runge

Herstellung und Druck:

Siehe Eindruck auf der letzten Seite

INHALTSANGABE

Robyn verschlägt es die Sprache, als nach Jahren ihr Jugendfreund Mason vor ihr steht und sie an ein lang vergessenes Versprechen erinnert.

Er bittet sie, ihn zu heiraten. Denn das, hatten sie sich damals versprochen. Dass sie sich das Ja-Wort geben, wenn sie beide mit dreißig noch Single sind.

Mason soll das Familienimperium übernehmen, aber sein Vater knüpft daran die Bedingung, dass er verheiratet ist. Deshalb braucht er dringend eine Ehefrau.

Im Gegenzug bietet er Robyn für ein Jahr Ehe, finanzielle Sicherheit für den Rest ihres Lebens. Robyn entschließt sich, nach einigem Zögern, darauf einzugehen.

Vorfreude auf ein Leben im sonnigen Kalifornien stellt sich ein und die Chance, ihre Freundschaft zu Mason neu aufleben zu lassen. In den Flitterwochen kommt es dann zu einem ungeplanten Zwischenfall, der nicht ohne Folgen bleibt ...

1.

»Bitte sehr. Ihr Kaffee.« Robyn stellte die Tasse vor dem Gast ab.

»Hat ganz schön lange gedauert«, brummte der Mann, ohne den Blick von seinem Smartphone zu nehmen.

»Darf es sonst noch etwas sein, Sir?«, fragte Robyn mit einem strahlenden Lächeln. Eines Tages fror ihr dieses Grinsen im Gesicht fest, davon war sie überzeugt.

»Nein. Aber der Kaffee geht ja wohl aufs Haus, oder? Dafür, dass ich ewig darauf gewartet habe.«

»Natürlich. Sie sind eingeladen.« Robyn kochte innerlich über so viel Unverschämtheit, behielt ihr Lächeln aber bei. Dazu war sie vertraglich verpflichtet.

»Ist ja das Mindeste. Sie können gehen.«

»Einen schönen Tag noch Sir.« Robyn drehte sich herum und fing den Blick ihrer Kollegin und Freundin Maja auf, die kurz die Augen verdrehte. Robyn nickte und zog eine Grimasse.

»Ich kenne ihn. Lass mich raten. Der Kaffee geht aufs Haus, weil es so lange gedauert hat«, sagte Maja, als Robyn zu ihr an die Theke kam.

»Richtig. Hat er die Nummer schon mal abgezogen?« Robyn stellte das Tablett ab.

»Ja. Ich hatte schon zweimal das Vergnügen.«

»Wir sollten es dem Chef sagen.«

»Zwecklos. Habe ich bereits. Aber er hat Angst vor schlechten Bewertungen.«

»Verständlich.« Ihr Chef Ross hatte in letzter Zeit negative Rezensionen auf verschiedenen Internetportalen bekommen. Er hatte zwar einen Verdacht, dass ein Konkurrent diese geschrieben haben könnte, aber Beweise besaß er nicht.

»Du hast Feierabend«, sagte Maja mit Blick zur Uhr.

»Noch fünf Minuten.«

»Ach was. Hau ab und hol deinen Wagen aus der Werkstatt. Wenn Ross etwas sagt, fresse ich ihn.«

»Die Vorstellung hat was.« Grinsend löste Robyn die Schleife an der Schürze. »Bis morgen. Einen schönen Abend.«

»Dir auch.«

Robyn holte ihre Tasche aus dem Spind und lief zur Bushaltestelle. Die Reparatur ihres Autos hatte ein beträchtliches Loch in die Haushaltskasse gerissen. Den Rest des Monats ernährte sie sich am besten von Nudeln pur. Viel mehr war nicht drin oder sie futterte sich bei ihren Eltern durch oder auch nicht. Ihre Mutter erinnerte sie ständig daran, dass sie in wenigen Wochen dreißig wurde und immer noch nicht verheiratet war. Von einem Enkelkind, von dem ihre Mutter schon seit Jahren träumte, ganz zu schweigen.

Robyn war mit ihrem Leben ganz zufrieden. Meistens jedenfalls. Dass sie mit dreißig immer noch kellnern würde, hätte sie nicht gedacht. Sie wollte aufs College gehen, studieren, aber dann kam alles ganz anders. Ihr Vater erkrankte schwer, konnte nicht mehr arbeiten gehen. Robyn verwarf ihre Pläne und nahm einen Job an, um ihre Eltern zu unterstützen.

Ihr Vater wurde wieder gesund, aber das Geld fürs College, das ihre Eltern gespart hatten, war komplett in die Behandlung geflossen. Seitdem arbeitete sie als Kellnerin und fühlte sich auch ohne Mann an ihrer Seite sehr wohl.

Nun rückte die Dreißig näher und ihre Mutter versuchte, sie an den Mann zu bringen. Bisher ohne Erfolg. Der Besitzer des Käseladens, in dem ihre Mutter bevorzugt einkaufte, und mit dem sie ihr ein Date arrangiert hatte, war nicht ihr Typ. Aber sie hatte ihrer Mutter zuliebe eingewilligt, mit ihm zu essen zu gehen. Als sie ihn gesehen hatte, wäre sie am liebsten weggelaufen, aber da war es zu spät. Den ganzen Abend hatte sie auf seine Haare, die er einmal quer über den Kopf gekämmt hatte, um die Glatze zu verbergen, gestarrt. Dazu schaffte er es kaum, sie anzusehen und wenn er sprach, dann so leise, dass sie fast über den Tisch kriechen musste, um ihn zu verstehen. Noch nie war Robyn ein Date so lang vorgekommen. Seitdem hatte sie ihrer Mutter verboten, weitere Dates zu arrangieren. Das hatte ihr gereicht.

Der Bus kam und Robyn nahm erleichtert Platz. Manchmal wünschte sie sich einen Job, bei dem sie sitzen konnte. Den ganzen Tag auf den Beinen war anstrengend, und wenn schlecht gelaunte Gäste dazukamen, überlegte sie, sich etwas anderes zu suchen. Am besten eine Stelle, wo sie etwas mehr verdiente. Wenn das Trinkgeld nicht stimmte, sah es an manchen Monatsenden übel aus.

»Die Fahrkarten bitte«, unterbrach eine Stimme ihre Gedanken.

»Ja, sofort.« Robyn nahm ihr Portemonnaie heraus und beim Anblick des leeren Faches durchfuhr es sie heiß. Die Wochenkarte, die sie extra gekauft hatte, weil es günstiger war, wie einzelne Tickets, lag zuhause auf dem Küchentisch. Sie erinnerte sich, sie heute Morgen herausgenommen zu haben. Weil sie ihre Geldbörse aufgeräumt hatte. Verflixt. Wieso bekam sie ausgerechnet heute einen Aufräumwahn?

»Ihre Fahrkarte bitte, Miss.« Der Kontrolleur sah bereits genervt aus.

»Wissen Sie, ich habe eine Fahrkarte.«

»Darf ich sie dann bitte sehen?«

»Das geht nicht.«

»Wieso das?«

»Ich habe sie nicht mit.«

»Lassen Sie mich raten. Sie haben sie zuhause vergessen.«

»Ja, genau. Es tut mir wirklich leid.«

»Das kann passieren.«

»Ich bin froh, dass Sie Verständnis dafür haben, ich ...«

»Es tut mir leid, Sie zu unterbrechen, aber ich stehe unter Zeitdruck.«

»Das verstehe ich. Kontrollieren Sie ruhig weiter.« Erleichtert steckte Robyn das Portemonnaie in die Handtasche zurück.

»Sehr nett von Ihnen. Bitte sehr.« Er gab ihr einen Zettel.

»Was ist das?«

»Ein Bußgeld. Zahlbar innerhalb von dreißig Tagen.«

»Aber ich habe doch eine Fahrkarte.« Fassungslos sah Robyn auf den Zettel. Sechzig Dollar? Wo sollte sie die noch hernehmen?

»Ja, das höre ich oft, aber wenn Sie diese nicht mitführen, müssen Sie ein Bußgeld zahlen. So sind die Regeln. Einen schönen Tag noch Miss.« Der Kontrolleur wandte sich dem nächsten Fahrgast zu.

Wie hypnotisiert starrte Robyn den Bußgeldbescheid an. Wieso vergaß sie ausgerechnet heute, am letzten Tag, wo sie mit dem Bus fuhr, die Fahrkarte? Frustriert stopfte sie den Zettel in die Handtasche. Das war eine teure Fahrt. Sie war froh, dass sie gleich ihr Auto zurückbekam. Auf weitere Busabenteuer verzichtete sie gerne.

2.

Eine halbe Stunde später stieg Robyn aus dem Bus aus, wo sie von Regen empfangen wurde. Das anfängliche Nieseln hatte sich in den letzten Minuten zu einem Starkregen entwickelt. Sie zog die Kapuze der Jacke, soweit es ging ins Gesicht und rannte Slalom laufend um die Pfützen, zur Werkstatt. Zum Glück befand diese sich nur wenige Meter von der Haltestelle entfernt, trotzdem war sie klatschnass, als sie das Ladengeschäft, das zur Werkstatt gehörte, betrat.

»Kann ich Ihnen behilflich sein?« Die Frau hinter der Theke sah Robyn missbilligend an. Wahrscheinlich, weil das Wasser an ihr herunter tropfte. Fehlte nur, dass sie ihr einen Wischmopp in die Hand drückte.

»Ja. Ich möchte meinen Wagen abholen.«

»Hat man Sie angerufen?«

»Ja.«

»Name?«

»Robyn Taylor.«

Die Frau tippte auf der Tastatur herum und Robyn fand es bewundernswert, wie man mit so überlangen, spitzen Nägeln überhaupt irgendetwas tun konnte. Wie sie damit wohl auf die Toilette ging? Unwillkürliche grinste sie, was nicht unbemerkt blieb.

»Lachen Sie über mich?« Über ihre Brille hinweg sah die Frau Robyn mit schmalen Lippen an.

»Nein. Ich habe nur an etwas gedacht.« Wie gut, dass die Gedanken frei waren.

»Ihr Auto ist fertig.« Sie entnahm dem Drucker die Rechnung und gab sie Robyn. »Zahlen Sie bar oder mit Karte?«

Robyn starrte auf die Endsumme. Das konnte nicht sein.

»Bar oder mit Karte?« Die Frau trommelte mit den Nägeln auf der Tischplatte herum.

»Entschuldigung. Aber es war ein viel niedriger Preis veranschlagt worden, als ich den Wagen gebracht habe.«

»Dann wurden noch mehr Mängel gefunden, bei der Reparatur. Das ist normal.«

»Sechshundert Dollar mehr? Da bekomme ich ja fast einen neuen Wagen für.« Robyn knallte die Rechnung auf den Tresen. Dreihundert waren ausgemacht und nun verlangten sie das Dreifache. Das war Abzocke.

»Dafür ist Ihr Auto wie neu. Bar oder Karte?«, fragte die Frau und ließ Robyn spüren, dass sie genervt war.

»Ich möchte den Chef sprechen.« Kampflos zahlte sie den Betrag nicht. Da wollte sie erst mal sehen, was solche Kosten verursacht hatte.

»Wenn Sie meinen. Warten Sie hier.« Die Frau verschwand durch eine Seitentür und kam kurz darauf mit einem nicht minder genervt aussehenden Mann zurück.

»Das ist Roy, der Inhaber und Mechaniker.« Die Empfangsdame nahm wieder auf dem Stuhl Platz und inspizierte ihre Nägel.

»Ja?«

»Ihnen auch einen schönen Tag.« So Menschen liebte Robyn ja.

»Es gießt. Was ist daran schön? Kommen Sie zur Sache. Meine Zeit ist kostbar.«

»Meine auch.« Robyn zog die Augenbraue hoch. »Erklären Sie mir bitte, wie Sie auf die Endsumme kommen.« Sie tippte auf die Rechnung.

»Hab einiges ausgetauscht.«

»Waren die Teile vergoldet?«

»Häh?«

»Anders kann ich mir nicht erklären, wie diese Summe zustande kommt.« In Robyn kroch die Wut hoch. Wieso war sie ausgerechnet in diese Werkstatt gefahren? Weil sie mit niedrigen Preisen warb und sie war darauf reingefallen.

»Passen Sie auf Miss. Entweder Sie zahlen, oder der Wagen bleibt hier. Punkt. Wenn Sie ihn in den nächsten vier Wochen nicht auslösen, geht er in unseren Besitz über. Solange haben Sie Zeit, es sich zu überlegen.«

»Wie bitte?«

»Sind Sie schwerhörig?«

So viel Unverschämtheit verschlug ihr die Sprache. Fieberhaft überlegte sie, was sie tun sollte. Sie brauchte den Wagen. Verklagen? Dazu hatte sie kein Geld. Wenn sie sein selbstgefälliges Grinsen richtig deutete, wusste er, dass seine Kundschaft nicht das nötige Budget besaß. Sie beschloss, in den sauren Apfel zu beißen. Leider fraß das ihre restlichen Ersparnisse auf. »Ich bezahle«, sagte sie zähneknirschend.

»Gute Entscheidung. Linda rechnet dann ab. Einen schönen Tag noch Miss.« Mit einem selbstgefälligen Grinsen verließ er den Verkaufsraum.

Robyn machte gedanklich eine Faust in der Tasche. So wütend war sie lange nicht mehr. Was für eine Abzockerbude.

»Das macht dann neunhundert Dollar bitte. Bar oder mit Karte?«, fragte Linda.

»Mit Karte.« Robyn reichte ihr die Kreditkarte und bekam im Gegenzug die Quittung und die Autoschlüssel.

»Bitte schön. Der Wagen steht auf dem Parkplatz an der Ecke Princestreet.«

Robyn glaubte, ihren Ohren nicht zu trauen. »Wo steht er?« Sie musste sich verhört haben.

Linda wiederholte ihre Worte und Robyn stellte fest, dass sie hervorragend hörte.

»Das ist fast fünf Kilometer von hier entfernt.«

»Ich weiß.«

»Wieso steht er da und nicht hier?«

»Wir stellen die reparierten Autos alle dort ab. Hier ist nicht genug Platz.« Lindas Lippen umspielte ein schmales Lächeln.

»Das ist nicht Ihr Ernst.«

»Ich scherze nie.«

Ja, so sauertöpfisch, wie Linda aussah, glaubt sie ihr das aufs Wort. »Und wie komme ich zu meinem Wagen?«

»Ein paar Meter weiter ist eine Bushaltestelle. Die Linie fünf hält genau vor dem Parkplatz. Gut zu erreichen.«

»Zahlen Sie das Fahrgeld?«

»Natürlich nicht.« Linda schüttelte den Kopf, wie um ihren Worten Nachdruck zu verleihen.

Robyn stopfte die Rechnung in die Handtasche, griff nach den Autoschlüsseln und verließ grußlos den Laden. So viel Dreistigkeit hatte sie selten erlebt. Am liebsten würde sie vor Wut mit den Füßen aufstampfen oder sich auf den Boden werfen und schreien, um sich Luft zu machen. Leider war sie keine drei mehr, also fiel die Option weg.

Draußen peitschte der Regen ihr ins Gesicht. Sie zog die Kapuze über und hastete im Eiltempo zur Bushaltestelle, wo sie von der Linie fünf nur noch die Rücklichter sah. Ein Blick auf den Fahrplan sagte ihr, dass der nächste Bus erst in einer halben Stunde kam. Seufzend kauerte sie sich unter das schmale Dach der Haltestelle und wartete. Eins wusste sie – heute war nicht ihr Tag.

3.

»Wer ist denn das?« Robyn sprang aus dem Bett, dabei verhedderte sie sich in der Decke und fiel fast hin.

Es war kurz vor acht Uhr am Morgen, als es an Robyns Tür Sturm klingelte. Wehe, es war der Postbote, der ein Paket für die Nachbarn abgeben wollte. Die schliefen immer lange und stellten die Klingel ab. Sie war dann die Leidtragende.

»Ja?«, bellte sie in die Gegensprechanlage.

»Ich bin es«, hörte sie die Stimme ihrer Mutter.

»Komm rauf.« Robyn betätigte den Türsummer und holte sich den Morgenmantel.

»Habe ich dich geweckt?«, fragte ihre Mutter Lisa, als sie die Wohnung betrat.

»Ja.« Gähnend streckte Robyn sich. Sie brauchte Kaffee. Am besten einen Eimer voll.

»Ich habe Brötchen mitgebracht.« Lisa hielt eine Tüte hoch.

»Sind sie noch warm?«

»Ja.«

»Perfekt. Ich koche Kaffee.«

»Nein, darum kümmere ich mich. Geh du ins Bad und wenn du fertig bist, wartet das Frühstück auf dich.«

»Du bist die Beste.« Robyn küsste ihre Mutter auf die Wange und ging ins Bad. Eine heiße Dusche weckte bestimmt ihre Lebensgeister.

Eine halbe Stunde später betrat Robyn die Küche, wo es herrlich nach Kaffee duftete.

»Setz dich.«

Der Aufforderung kam Robyn nur zu gerne nach und sie nahm am liebevoll gedeckten Tisch Platz. Sogar Eier hatte ihre Mutter gekocht. Sie stutzte. Wo kamen die her? Sie hatte keine Eier im Kühlschrank. »Mum?«

»Ja Liebes?«

»Die Eier ...«

»Habe ich mitgebracht.«

»Oh. Okay.« Ihre Mutter dachte an alles. Sie kannte Robyns meistens leeren Kühlschrank. Sie kochte selten, sondern aß im Diner, wo sie arbeitete. Dort bekam sie das Tagesmenü für einen Dollar. So günstig ließ sich nicht kochen und es schmeckte gut.

Lisa schenkte Kaffee ein und setzte sich zu Robyn an den Tisch.

»Das tut gut.« Robyn trank einen Schluck. Der erste Kaffee des Tages war der Beste.

»Ich habe auch Butterhörnchen mitgebracht und Schokocroissants.« Lisa hielt Robyn den Brotkorb hin, die sich ein Hörnchen nahm.

»Danke. Was treibt dich so früh vor meine Tür?«

»Ich hatte einen Arzttermin und dachte, auf dem Rückweg komme ich bei dir vorbei. Wir haben lange nicht mehr zusammen gefrühstückt.«

»Ich freue mich.« Robyn legte ihre Hand auf Lisas. »Weswegen warst du beim Arzt?«

»Beim Frauenarzt zur Krebsvorsorge. Alles in Ordnung soweit.«

»Das ist schön.«

»Ich möchte mit dir über etwas sprechen.« Lisa bestrich ihr Brötchen mit Butter, legte eine Scheibe Käse darauf und dekorierte es mit einer Salamischeibe.

»Über was denn?« Fieberhaft überlegte Robyn, aber ihr fiel nichts ein, was so wichtig war, dass ihre Mutter sogar zu ihr kam. Denn sie vermutete, das war der Hauptgrund.

»Dein Geburtstag.«

»Was ist damit?«

»Er ist in wenigen Wochen.«

»Ich weiß. Und?« Robyn schnitt das Hörnchen auf, strich fingerdick Butter darauf und danach Marmelade. Alleine beim Anblick fing sie fast an zu sabbern.

»Du wirst dreißig.« Lisa sah sie mit einem Blick an, den Robyn nicht zu deuten wusste.

»Passiert normal nach der neunundzwanzig. Was ist daran so besonders, dass du extra herkommst, um darüber zu reden?« Herzhaft biss Robyn ins Hörnchen und Konfitüre quoll aus den Seiten, die ihr am Kinn entlanglief.

Lisa gab ihr eine Serviette.

»Danke.« Robyn wischte die Marmelade ab.

»Wir, also dein Vater und ich, haben uns überlegt, eine Feier für dich auszurichten.«

»Das ist nicht nötig Mum. Das weißt du.« Robyn wollte nicht, dass sie ihr Geld dafür ausgaben. Ihr Vater bezog seit der Operation eine nicht sehr üppige Rente. Sie kamen zurecht, aber locker saß das Geld nicht. Deshalb kam das nicht infrage, dass sie es für eine Feier zum Fenster hinauswarfen. Sie feierte im kleinen Kreis, das hatte sie bereits geplant.

»Das weiß ich. Wir haben das durchgeplant. Wir feiern bei uns zu Hause in der Kellerbar. Du gibst mir deine Gästeliste und ich lade auch noch einige Leute ein.«

Robyn wurde hellhörig. »Was denn für Leute?«

»Du kennst sie nicht.«

Robyn war verwirrt. Wieso lud ihre Mutter Menschen ein, die sie nicht kannte? »Das musst du mir erklären. Ich sehe keinen Sinn darin, dass du Unbekannte zu meinem Geburtstag einlädst.«

Lisa schob einige Krümel auf dem Brett zusammen. Sie fühlte sich sichtlich unwohl. »Du wirst dreißig.«

»Ja, das haben wir eben bereits festgestellt.« Robyn legte den Rest des Hörnchens ab. Ihr Magen zog sich zusammen. Sie ahnte etwas.

»Wir haben einige befreundete Paare, dessen Söhne ... Single sind. Da dachten wir ... das wir sie zu deinem

Geburtstag einladen.« Lisa blickte angestrengt auf die Krümel.

In Robyns Kopf ratterte es. Ja, die Ahnung bestätigte sich. Ihre Eltern versuchten sie, an den Mann zu bringen. »Also ist es keine Geburtstagsfeier, sondern eine Verkupplungsparty? Euer Ernst?« Kopfschüttelnd sah Robyn ihre Mutter an.

»Du wirst dreißig und hast immer noch keinen Mann. Irgendwann sind die Guten alle vom Markt und denk an deine biologische Uhr. Du hast nicht unbegrenzt Zeit, Kinder zu kriegen.«

»Ja Mum. Das weiß ich alles. Aber mir gefällt mein Leben gut, so wie es ist. Vielleicht begegnet mir irgendwann mein Traummann. Wer weiß das schon. Aber ich weiß, was ich nicht möchte.«

»Was denn?«

»Eine Verkupplungsparty, die als Geburtstagsfeier getarnt ist. Das könnt ihr euch aus dem Kopf schlagen. Wenn ihr das durchzieht, feiert ihr ohne mich. Ich möchte das nicht.« Robyn liebte ihre Eltern und konnte ihnen schlecht etwas abschlagen, aber das ging zu weit. Da sträubte sie sich gegen.

»Hatte dein Vater wieder mal recht.« Seufzend griff Lisa nach der Tasse.

»Er wusste, dass ich dagegen bin?«

»Ja, er hat auch gleich gesagt, ich soll es lassen.«

»Es war also deine Idee?«

»Ja, ich bekenne mich schuldig.« Lisa trank einen Schluck, dabei zitterte ihre Hand.

»Alles gut Mum. Du hast es mir vorgeschlagen. Das ist okay. Schlimmer wäre es, ich komme zur Feier und finde da Heiratskandidaten vor. Das wäre furchtbar.«

»Das würde ich nie tun.«

»Deshalb sag ich ja, alles in Ordnung.« Robyn drückte die Hand ihrer Mutter. Irgendwie war es ja rührend, wie sie sich um sie sorgte, aber einen Mann, den suchte sie sich selbst aus.

4.

»Ja, lach mich aus.«

Grinsend nahm Maja das Tablett von Robyn in Empfang. »Du weißt ja, wer den Schaden hat ...«

»Ja, ja. Den Spott lieferst du. In rauen Mengen und kostenlos.« Robyn zog eine Grimasse. Maja meinte es nicht böse. Sie zogen sich gerne gegenseitig auf und gingen durch dick und dünn.

»Mal im Ernst jetzt. Ich finde es süß von deiner Mutter, dass sie sich um dein Liebesleben sorgt.«

»Du meinst, um mein nicht Vorhandenes. Ich denke aber, sie hat eher Angst, dass ich ihr keine Enkel schenke. Sie hofft schon lange darauf, Oma zu werden.« Robyn bedauerte es, Einzelkind zu sein. Sonst würden vielleicht die Geschwister, ihr diese Bürde abnehmen. Aber so lag die ganze Erwartung auf ihr. Bis jetzt gab es keinen Mann in ihrem Leben, mit dem sie eine Familie hätte gründen wollen. Ob sie ihn jemals fand?

»Robyn!« Maja fuchtelte mit der Hand vor ihrem Gesicht herum.

»Sorry. Ich habe an etwas gedacht.«

»An deinen Traummann?«

»So in etwa.« Seufzend stellte sie die Tassen aufs Tablett, die Maja ihr gab.

»Tisch sieben.«

»Bin schon weg.« Robyn servierte den Kaffee, kassierte auf dem Rückweg zwei Tische ab und nahm von Maja die nächste Bestellung entgegen.

»Ich habe eine Idee.« Maja sah Robyn mit einem Blick an, von dem sie wusste, es gefiel ihr nicht.

»Lass hören. Was hast du dir Verrücktes ausgedacht?«

»Sei nicht so negativ.«

»Ich bin nur realistisch. Raus mit der Sprache.«

»Wie wäre es mit Onlinedating?«

Robyn hob die Hände. »Vergiss es.«

»Ach komm schon. Ein Versuch ist es wert.«

Robyn nahm die Teller. »Nein.« Sie schüttelte den Kopf, wie um ihre Entscheidung zu unterstreichen.

»Aber ...«

Robyn entfernte sich zügig, so entkam sie dem weiteren Gespräch. Sie zog es vor, einen Mann im realen Leben kennenzulernen. Onlinedating, das war nichts für sie.

»Bitte sehr. Lassen Sie es sich schmecken.« Robyn servierte zwei Pizzen.

»Vielen Dank.«

»Gerne.«

»Miss?«

»Ja?«

»Ist auf der Pizza Knoblauch?« Der Mann rückte, soweit es ging, vom Tisch ab, den Blick auf den Teller gerichtet, als hätte er Angst, sein Essen sprang ihm gleich ins Gesicht.

»Haben Sie denn Knoblauch bestellt?«

Er schüttelte den Kopf.

»Dann ist keiner drauf.«

»Aber wenn doch?« Auf seiner Stirn bildeten sich Schweißperlen.

»Wenn Sie keinen Knoblauch geordert haben, befindet sich auch keiner auf der Pizza.«

»Sind Sie sicher?«

»Sind sie allergisch dagegen?«

Er schüttelte den Kopf.

»Weswegen sind Sie denn so besorgt?« Robyn fand sein Verhalten eigenartig. Sie war zwar an komische Vögel gewöhnt, aber er schien ein Sonderfall zu sein, was seine Freundin, die genervt die Augen zur Decke drehte, bestätigte.

»Du bist kein Vampir. Wie oft muss ich dir das noch sagen?«

»Das weißt du gar nicht. Was ist, wenn ich die Pizza esse, es ist doch Knoblauch drauf und ich zu Staub zerfalle deswegen?« Er rutschte in die äußerste Ecke der Bank, verschränkte die Arme und sah seine Freundin beleidigt an.

Robyn gelang es nur mit Mühe, nicht zu lachen. Ein Gast, der sich für einen Vampir hielt, hatte sie auch noch nie. Sie setzte ein, wie sie hoffte, beruhigendes Lächeln auf. »Ich versichere Ihnen, dass sich wirklich kein Knoblauch auf der Pizza befindet.«

»Da hörst du es. Jetzt iss, bevor sie kalt ist.« Seine Freundin schlug mit der flachen Hand auf den Tisch und der angebliche Vampir zuckte zusammen.

»Wenn ich doch zu Staub zerfalle, was machst du dann?«

»Haben Sie hier Besen und Kehrblech?«, fragte sie Robyn.

»Ja, haben wir.«

»Dann kehre ich dich auf und du kommst in ein Doggiebag. Zuhause fülle ich dich dann in die Eieruhr, die ich in die Küche stelle, umgeben von Knoblauch!«

Robyn hielt ihre Mimik angestrengt unter Kontrolle, aber die Mundwinkel zuckten schon. Sein Gesichtsausdruck war zu herrlich.

»Wie bitte?«, platzte er heraus. »In die Eieruhr?«

»Ja.« Seine Freundin schnitt sich ungerührt ein Stück Pizza ab.

»Haben Sie das gehört?«, wandte er sich an Robyn.

»Ja, habe ich.«

»Was sagen Sie dazu?«

»Ich denke, das sollten Sie unter sich klären. Ich muss weitere Bestellungen servieren.«

»Da hörst du es. Du hältst sie von der Arbeit ab und sie denkt, du spinnst.« Seine Freundin zeigte mit der Gabel in seine Richtung.

»Nimm die runter. Nachher wirfst du sie aus Versehen.«

»Einen Vampir kann man doch nur mit einem Pflock durchs Herz töten, oder?« Robyn bereute die Worte bereits beim Aussprechen. Das war ein Fehler.

»Sie interessiert sich für mich. Was man von dir nicht behaupten kann.« Der Möchtegernvampir sah seine Freundin an, während er dabei mit dem Finger auf Robyn zeigte, die sich leicht unbehaglich fühlte.

»Hören Sie, ich lasse Sie ...«, setzte Robyn an, wurde aber von der Freundin unterbrochen, die die Gabel auf den Tisch warf.

»Das war es mit uns. Ich habe die Schnauze voll. Such dir eine neue Freundin. Mit uns ist es aus.« Sie griff nach ihrer Jacke und stand auf.

»Du hast mich eh nie verstanden.«

»Du hast sie doch nicht mehr alle. Vampir! Es gibt keine Vampire. Du Idiot.« Sie zog die Jacke über und sah Robyn an, die befürchtete, dass das nächste Donnerwetter sich über sie ergoss.

»Tut mir leid. Sie können nichts dafür. Ich hätte mich schon eher trennen sollen, aber man hat ja immer Hoffnung. Leider ist sie eben gestorben. Sie nahm einige Scheine aus der Tasche und drückte sie Robyn in die Hand. »Der Rest ist für Sie.« Mit einem letzten Blick auf ihren nun Exfreund verließ die junge Frau das Diner.

»Sie hat mich sitzen lassen.« Der Vampir stand ebenfalls auf und musterte Robyn interessiert. »Haben Sie heute Abend schon etwas vor?«

»Ja.« Auf ein Vampirtreffen hatte sie so gar keine Lust.

»Mist. Nicht mein Tag.« Er warf sich den langen schwarzen Mantel über, zog die Kapuze tief ins Gesicht und verließ im Laufschritt das Diner.

Seufzend räumte Robyn den Tisch ab. Eins war sicher, langweilig wurde ihr Job nie.

5.

»Es gibt echt verrückte Leute.« Maja bog sich vor Lachen, als Robyn ihr von dem Möchtegernvampir berichtete.

»Wir sollten ein Buch schreiben.«

»Das wird ein Bestseller. Die Leute fallen vor Lachen vom Stuhl.« Maja packte Eier und Speck auf einen Teller. »Tisch achtzehn.«

»Bis zur Bestsellerliste werden wir noch viele Eier servieren.« Lachend nahm Robyn das Tablett und eilte damit zum Gast.

Als sie wieder bei Maja ankam, zeigte die auf den Fernseher, wo ein Bericht über die reichsten Menschen des Landes lief.

»Angeln wir uns einen von denen. Dann sind wir alle Sorgen los.«

»Das Problem ist, wir schaffen es nicht mal, in ihre Nähe zu kommen.«

»Zu viele Leibwächter«, seufzte Maja.

»Hey.«

»Was ist?«

»Den kenne ich.« Robyn zeigte auf den Mann, der gerade vorgestellt wurde.

»Woher?«

»Das ist der Vater eines Freundes aus Kindertagen. Wir waren Nachbarn. Mason und ich haben als Kinder zusammen gespielt und sind in eine Klasse gegangen. Als wir ungefähr fünfzehn waren, sind sie nach Kalifornien gezogen. Sein Vater hat sich selbstständig gemacht.«

»Ins Valley?«

Robyn zuckte die Schultern. Daran erinnerte sie sich nicht. Sie wusste noch, dass sie geheult hatte, weil ihr bester Freund wegzog.

»Habt ihr Kontakt gehalten?«

»Wie das so ist. Anfangs telefoniert man einige Male, aber mit der Zeit hat es sich verlaufen. Dazu kam die Zeitverschiebung. Irgendwann brach der Kontakt ab.« Robyn hatte seit Jahren nicht mehr an Mason gedacht. Wie er wohl heute aussah? Damals waren sie durch dick und dünn gegangen. Es war eine tolle Zeit gewesen. Unwillkürlich lächelte sie bei dem Gedanken daran.

»An was denkst du?«

»Ob ich Mason heute noch erkennen würde?«

»Schwierig. Liegen viele Jahre dazwischen.«

»Ob ich mal bei Facebook schaue?« Ein wenig reizte Robyn es, herauszufinden, wie Mason heute aussah.

»Oder du guckst da.« Maja zeigte auf den Bildschirm. Dort wurde berichtet, dass Mason Stone, seinen Vater bald als Inhaber der Firma ablöste. Dazu wurde ein Bild von ihnen eingeblendet.

Robyn fiel die Kinnlade herunter. Das war Mason? Der kleine schmächtige Junge von damals? Sie konnte es fast nicht glauben. Groß, breite Schultern, das passte nicht zu dem Bild, das in ihrem Kopf herumschwirrte. Er hatte sich zu einem attraktiven Mann entwickelt.

»Ich sehe, dir hat es die Sprache verschlagen.« Maja grinste breit.

»Ich hätte ihn nicht wiedererkannt.«

»Kein Wunder, nach so vielen Jahren. Er sieht gut aus.« Maja schmachtete den Fernseher an, dabei klimperte sie mit den Wimpern.

»Er sieht das nicht. Ist dir schon klar, oder?« Nun war es an Robyn, zu grinsen. Maja war seit Jahren auf der Suche nach ihrem Mr. Right. Aber jedes Mal, wenn sie glaubte, ihn gefunden zu haben, verwandelte er sich in einen Frosch.

»Träumen darf man ja. Aber anscheinend war der Sprung in die Selbstständigkeit extrem erfolgreich. Sein Vater gehört mit zu den reichsten Männern der USA. Wusstest du das nicht?«

»Nein. Ich kenne zwar die Videospielfirma und besitze Spiele davon. Niemals hätte ich den Vater von Mason damit in Verbindung gebracht.«

»Sein Name steht wohl nur im Kleingedruckten.«

»Eben. Und Stone ist auch kein seltener Name. Wahrscheinlich hätte ich mir da auch keine Gedanken drum gemacht.«

»Ich wohl auch nicht. Aber irre, dass du ihn jetzt im Fernsehen wiedersiehst.«

»Ja, das ist erstaunlich.« Robyn glaubte kaum, dass es Mason war. Dieser Mann mit dem stechenden Blick hatte so gar nichts mit dem Mason gemeinsam, den sie von früher kannte. Aber Menschen veränderten sich.

Der Bericht endete und wurde von Werbung abgelöst. Schnell drehte Maja die Lautstärke herunter. »Dass Werbung immer so laut ist. Das machen die doch extra.«

»Falls du eingeschlafen bist.«

»Genau. Damit man auf keinen Fall die Werbung verpasst.«

»Miss. Ich möchte bitte noch Kaffee.« Der ältere Herr, der am Ende der Theke saß, schwenkte die Tasse.

»Ich komme.« Maja schnappte sich die Kanne. »Mr. May. Wie wäre es mit einem Tässchen Tee? Das ist Ihre sechste Tasse Kaffee. Nachher können Sie nachts nicht schlafen.«

»Ach was. Das passt schon. Von dem Kaffee vibriere ich höchstens ein bisschen. In meiner Jugend habe ich jeden Tag drei Liter Kaffee getrunken.« Wie um es zu unterstreichen, klopfte er sich mit der Faust gegen die Brust.

»Sie Tarzan, ich Jane?« Lachend schenkte Maja ihm Kaffee nach.

»Wenn ich nur vierzig Jahre jünger wäre«, seufzte Mr. May in seine Tasse.

»Würden Sie mich dann über die Schulter werfen und in den Urwald entführen?«

»Nicht in den Urwald. Da wüsste ich ganz andere Orte.« Mr. Mays Gesicht zierte ein breites Grinsen.

»Träumen darf man ja.« Maja zwinkerte ihm zu.

»Zum Glück.« Mr. May vertiefte sich in die Zeitung und Maja stellte die Kanne weg.

»Er ist so ein netter Mann«, sagte Robyn. Er war Stammgast und aß jeden Tag bei ihnen zu Mittag. Dazu studierte er die Zeitung und trank so viel Kaffee, wie Robyn in einer Woche. Er war Witwer, kinderlos und ohne Verwandtschaft. Er sagte immer, das Diner wäre wie ein zweites Zuhause.

Robyn fand es ein wenig traurig, dass er so alleine war. Manchmal stellte sie sich die Frage, ob sie einmal genauso einsam endete. Im Kopf sah sie ihre Mutter, die mahnend den Zeigefinger hob und Robyn hörte ihre biologische Uhr ticken.

6.

»Verdammt. Spring an.« Robyn drehte den Zündschlüssel erneut, aber der Wagen gab keinen Mucks von sich. Sie schlug mit der Hand aufs Lenkrad. Das durfte nicht wahr sein. Erst vor wenigen Tagen hatte sie das Auto aus der Werkstatt geholt und nun derselbe Fehler wieder? Das kam ihr merkwürdig vor, aber der Werkstatt zu beweisen, dass der Fehler bei ihnen lag, dafür sah sie schwarz. Mal abgesehen davon, dass sie denen ihren Wagen nicht erneut anvertrauen würde.

Ein letztes Mal versuchte sie es, aber es tat sich nichts. Der Motor blieb stumm.

Robyn sah auf die Uhr. Wenn sie rannte, bekam sie den Bus noch und kam pünktlich zur Arbeit. Sie stieg aus und lief zur Haltestelle. Zeitgleich mit dem Bus kam sie an. Sie kaufte eine Fahrkarte und ließ sich auf einen Sitz fallen.

Eine halbe Stunde später betrat sie das Diner. »Guten Morgen.«

»Da bist du ja endlich.« Maja schoss hinter der Theke hervor und zog Robyn hinter einen Pfosten.

»Was ist los?«

»Er ist hier. Ich glaube es nicht.« Majas Hände schienen sich verdoppelt zu haben, so hektisch wedelte sie damit herum.

»Wer denn? Beruhig dich erst mal. Du siehst aus, als hättest du einen Geist gesehen.«

»Viel besser.« Maja grinste breit.

»Sag schon.«

»Rate mal.«

Robyn verdrehte die Augen.

»Ich sehe das.«

»Gut so. Ich mag nicht raten. Sonst stehen wir heute Abend noch hier herum. Sag.« Robyn sah auf die Uhr. »Meine Schicht fängt gleich an.«

»Sieh mal ganz unauffällig nach hinten. Fensterseite.«

Robyn drehte sich herum.

»Nicht so auffällig.« Maja zog sie wieder hinter den Pfosten.

»Ich habe keinen Röntgenblick.«

»Guck dezenter. Wie zufällig.«

»Sag einfach, wer da sitzt. Jemand Prominentes?«

Maja wiegte den Kopf hin und her. »Nicht direkt.«

»Kenn ich ihn oder sie?«

»Ja.«

Jetzt spielten sie doch das Ratespiel. »Mann oder Frau?«

»Mann.«

»Jemand aus meiner Familie?«

»Nein.« Maja schüttelte den Kopf. »Ich gebe dir einen Hinweis. Du hast ihn im Fernsehen gesehen.«

»Im Fernsehen?«

»Ja.«

»Aber er ist kein Promi?«

»Ich glaube nicht.«

»Du glaubst?« Es wurde immer verzwickter. »Wenn er im Fernsehen war, muss er zumindest ein bisschen prominent sein, oder?«

»Ja, nein, ja. Ich weiß nicht.« Maja warf die Hände in die Luft.

»Sag jetzt. Ich muss mich noch umziehen.« Zum Glück war wenig zu tun. Trotzdem hoffte sie, dass ihr Chef nicht aus dem Büro kam. Sah bestimmt ein wenig schräg aus, wie sie sich hinter der Säule versteckten.

»Es ist der Sohn.«

»Von welchem Sohn redest du?« Robyn legte die Hand an Majas Stirn.

»Was soll das?«

»Ich prüfe, ob du Fieber hast. Du redest wirres Zeug.« Robyn war ernsthaft besorgt. Von wem redete sie bloß.

»Mir geht es blendend.«

»Na ich weiß nicht. Du redest von Männern und Söhnen, die im Fernsehen auftreten und die ich anscheinend zu kennen habe. Ich finde das bedenklich, da ich keinen blassen Schimmer habe, von wem du die ganze Zeit sprichst.«

»Na, der, den wir gestern im Fernsehen gesehen haben. Euer ehemaliger Nachbar. Wie hieß noch mal der Sohn?«

Robyn ging ein ganzer Kronleuchter auf. »Mason.«

»Genau. Der Name lag mir auf der Zunge.«

»Was ist mit ihm?«

»Er ist hier.«

»WAS?« Robyn schlug eine Hand vor den Mund. »Wo?«

»Er sitzt am Fenster und wenn du dich herumdrehst, mach keine hektischen Bewegungen. Einige Gäste starren bereits zu uns herüber.«

Das wunderte Robyn nicht, so merkwürdig, wie sie sich benahmen. »Okay.« Langsam, wie zufällig, drehte Robyn sich herum und ließ den Blick über die Tische wandern, bis sie an einem hängen blieb. Da war er. Mason. Jahrelang hatte sie nicht an ihn gedacht. Dann sah sie ihn gestern im Fernsehen und jetzt saß er hier im Diner?

»Er sieht heiß aus. Noch viel besser, als im Fernsehen«, sagte Maja mit einem verzückten Gesichtsausdruck.

Robyn gab ihr insgeheim recht. Er hatte sich ganz schön gemausert.

Maja stupste sie in die Seite.

»Aua.«

»Stell dich nicht so an. Los.«

»Was denn?«

»Geh hin.«

»Wieso sollte ich? Er erkennt mich eh nicht.«

»Mag sein, aber ...« Maja ließ den Satz unvollendet.

»Rede weiter, du Meister der halben Sätze.« Robyn hasste es, wenn Maja das machte.

»Er hat nach dir gefragt.« Maja grinste so breit, dass ihre Mundwinkel fast die Ohren berührten.

»Wie bitte?« Robyn stieß die Luft aus. Er war wegen ihr hier? Warum?

»Ja. Er kam eben zu mir und hat nach dir gefragt. Nachdem ich gesagt habe, dass deine Schicht gleich beginnt, meinte er, er wartet solange. Ich habe ihm Kaffee serviert.«

»Hat er gesagt, was er will?«

»Nein. Ich habe versucht, etwas aus ihm herauszubekommen, aber keine Chance. Er ist jedes Mal höflich ausgewichen und er hat dabei so charmant gelächelt.« Maja seufzte auf.

Robyn überlegte angestrengt, was er von ihr wollte. Nach so vielen Jahren kreuzte er plötzlich hier auf. Was für ein Zufall, dass er gestern im Fernsehen war und sie es gesehen hatte. Ihre Mutter würde behaupten, das wäre Schicksal. Wie gut, dass sie nicht wusste, dass er hier war. Wahrscheinlich würde sie gleich versuchen, sie zu verkuppeln.

»Jetzt geh hin.«

»Ich ziehe mich eben um.«

»Okay. Genehmigt. Beeil dich.« Maja eilte wieder hinter die Theke und Robyn lief in den Pausenraum, wo sie die Schürze mit der Aufschrift des Diners umband. Nach einem letzten Blick in den Spiegel betrat sie das Diner und steuerte Masons Tisch an. Sie war gespannt, was ihn zu ihr führte.

7.

Mason saß mit dem Rücken zu ihr, daher sah er Robyn nicht, die sich mit unsicheren Schritten dem Tisch näherte. Es erschien ihr irreal, dass Mason da saß.

»Hey«, sagte Robyn, als sie nach einer gefühlten Ewigkeit den Tisch erreichte und am liebsten würde sie sich die Hand vor die Stirn klatschen. Was Besseres als hey fiel ihr nicht ein? Nein, ihr Kopf war wie leer gefegt. Es herrschte Dunkelheit im Oberstübchen.

Mason drehte sich zu ihr herum und ein Strahlen ging über sein Gesicht. Robyn stellte fest, dass er immer noch die Lachgrübchen besaß, die sie damals so niedlich gefunden hatte. Nur wirkten sie jetzt mehr sexy. Was dachte sie da? Das war Mason. Ihr Freund aus Kindertagen. Aber der war zu einem attraktiven Mann herangewachsen.

»Robyn.« Er stand auf und nahm sie zur Begrüßung in die Arme, die so überrascht war, dass sie die Umarmung automatisch erwiderte.

»Du riechst gut.«

»Danke.«

Verdammt. Das hatte sie nur denken wollen. Wo war das Loch zum Vergraben? Nach Jahren sahen sie sich wieder und sie sagte, dass er gut roch. In Kombination mit der unschlagbaren, ausgefallenen Begrüßung gewann sie locker den Wettbewerb der Peinlichkeiten.

Mason löste sich von ihr und betrachtete sie lächelnd. »Gut siehst du aus und so unter uns. Du riechst auch gut.«

»Danke.« Zum Glück besaß Mason Humor. Das hatte sie früher schon an ihm geschätzt. Er hatte es immer geschafft, sie zum Lachen zu bringen.

»Setz dich.«

»Ich darf nicht. Wenn mein Chef das sieht, gibt es Ärger.«

»Nein, bekommst du nicht. Ich habe mit ihm gesprochen und gefragt, ob er dich eine halbe Stunde entbehren kann. Bitte.« Mason forderte sie mit einer Handbewegung auf, sich zu setzen.

Robyn rutschte in die Bank. »Er war einverstanden?«

»Ja. Wenn jetzt allerdings die Kunden das Diner überrennen, müssen wir die Unterhaltung verschieben.«

»Das wird eher nicht geschehen.«

»Meinte dein Chef auch.« Mason setzte sich Robyn gegenüber.

»Ich habe dich gestern im Fernsehen gesehen«, sagte Robyn.

»Echt?«

»Ja. Ein Bericht über eure Firma.«

»Ist der gestern schon gesendet worden? Ich dachte, der kommt erst zum Wochenende, aber ist ja auch egal. Hat dich sicher irritiert, dass ich dann einen Tag später hier aufkreuze.«

»Ja. Ich habe nicht schlecht gestaunt.«

»Das glaube ich. Wie geht es dir?« Mason legte die Unterarme auf den Tisch.

»Gut danke. Und dir?«

»Bestens.«

»Sag mal. Woher weißt du, dass ich hier arbeite?«

»Von deiner Mutter. Ihr habt sogar noch dieselbe Nummer wie damals.«

»Das habe ich mir fast gedacht.« Logisch, dass er es zuerst unter der alten Adresse versuchte. Und ihre Mutter hatte sofort fröhlich ausgeplaudert, wo sie arbeitete. Wahrscheinlich sah sie in Mason schon einen Schwiegersohn.

»Ich hoffe, du bist mir nicht böse.« Mason sah ein wenig zerknirscht aus.

»Nein. Alles gut. Ich war nur neugierig.«

»Ich auch. Auf dich und was aus dir geworden ist.«

»Eine Kellnerin, wie du siehst.«

»Ich möchte dir nicht zu nahe treten, aber damals war es dein größter Traum, zu studieren. Ich weiß noch, wie du immer davon geredet hast.«

»Manchmal entwickelt sich das Leben anders, als man es sich vorstellt.« Robyn erzählte, wieso sie nie studiert hatte.

»Das tut mir leid.« Mason sah ehrlich betroffen aus. »Ich bin froh, dass es deinem Vater soweit wieder gut geht.«

»Ich auch. Das war immer das Wichtigste. Mein Beruf gefällt mir. Anfangs habe ich ein wenig damit gehadert, aber inzwischen mag ich ihn. Meistens jedenfalls.«

»Das ist schön.«

»Genug von mir. Erzähl mal, wie ihr es so weit gebracht habt. Ich kenne eure Produkte, habe selbst Spiele von euch zuhause. Niemals hätte ich vermutet, dass ihr hinter der Firma steht.«

»Dad hatte damals den richtigen Riecher, als er die Firma gegründet hat. Sie hat sich zu einer Goldgrube entwickelt. Heute sind wir eine der führenden Firmen in der Videospieleindustrie.«

»Wirklich beeindruckend, was er geschafft hat. Und du übernimmst die Firma jetzt? Das haben sie in dem Bericht gesagt.«

»Ja. Die Übergabe ist für nächstes Jahr geplant.«

»Das freut mich für dich.« Robyn überlegte, wieso er hier war? Wollte er nur mal Hallo sagen? Sie glaubte das nicht. Mason verknotete die ganze Zeit seine Hände. Ein Zeichen, dass er nervös war. Er hatte etwas auf dem Herzen. Fragte sich nur, was.

»Danke.«

»Mason?«

»Ja?«

»Was genau führt dich zu mir?« Robyn musste gleich arbeiten und wollte das Geheimnis vorher lüften, bevor sie vor Neugier umkam.

»Da du fragst. Moment.« Mason nahm sein Portemonnaie heraus. Er öffnete es und nahm einen vergilbten Zettel heraus. Er schob ihn Robyn zu.

»Was ist das?«

»Schau nach«, sagte er lächelnd.

Robyn entfaltete vorsichtig den alten Zettel und beim Lesen stahl sich ein Lächeln auf ihr Gesicht. »Unser Versprechen.«

»Genau.«

Damals hatten sie sich gegenseitig versprochen, zu heiraten, wenn sie beide an ihrem dreißigsten Geburtstag noch Single waren. Sie fand es süß, dass er das Papier aufgehoben hatte.

»Hast du deinen auch noch?«

»Ich weiß es nicht. Kann sein, dass er auf dem Dachboden bei meinen Eltern liegt. Ich müsste nachsehen.« Robyn gab ihm den Brief zurück.

»Lange ist es her«, sagte Mason.

»Ja, das stimmt. Es war eine schöne Zeit.«

»Auf jeden Fall.« Mason strich den Zettel glatt. »Deine Mutter hat mir erzählt, dass du derzeit Single bist.«

»Das erzählt sie jedem.« Robyn verdrehte die Augen. Kaum zu glauben, dass sie es sogar Mason am Telefon auf die Nase band.

»Gräm dich nicht. Ich habe auch niemanden.«

»Sind wir schon zu zweit.«

»Ich muss dir was gestehen.«

»Was denn?«

»Ich bin heute hier, um das Versprechen, das wir uns damals gegeben haben, einzulösen.« Mason tippte auf den Zettel.

Einige Sekunden sah Robyn ihn sprachlos an, bis sie begriff, was er damit meinte. Er wollte, dass sie heirateten?

8.

»Wie bitte?« Hatte sie sich verhört? Wer kam auf so eine Idee?

»Ich möchte, dass wir heiraten.«

Robyn war wie vor den Kopf geschlagen. Damit hatte sie nicht gerechnet. Vielleicht schlief sie in Wirklichkeit. Probeweise kniff sie sich in den Arm. Nein. Sie war hellwach.

»Wieso kneifst du dich?«

»Um zu testen, ob ich träume.« Sie verschränkte die Arme vor der Brust. Vielleicht veralberte er sie und es war eine Sendung von versteckter Kamera oder einem ähnlichen Format. Sie sah sich im Diner um, entdeckte aber nichts.

»Suchst du etwas?«

»Ja, die Kameras. Das hier ist eine Show, oder? Das meinst du doch nicht ernst?«

»Ich entschuldige mich dafür, dass ich dich damit so überfalle. Das lag nicht in meiner Absicht, aber ich stecke in Schwierigkeiten.« Mason sah auf seine Finger, die er verknotete.

»Und gegen deine Probleme hilft es, wenn du mich heiratest?« Robyn verstand gar nichts.

»Ja. Also nicht speziell, dass ich dich heirate. Es kann auch eine andere Frau sein.«

»Darf ich mich geehrt fühlen, dass du mich ausgesucht hast?« Auf Robyns Stirn bildete sich eine steile Falte.

»Nein, so war das nicht gemeint. Entschuldigung. Das kam nicht nett rüber.«

»Schön, dass du es selbst siehst.«

»Darf ich es dir erklären?«

»Ich bitte darum.« Robyn war gespannt, was für eine Geschichte dahintersteckte. Es musste sich um etwas Wichtiges handeln. Das lag auf der Hand.

»Es ist so. Mein Vater möchte sich aus der Firma zurückziehen und in Rente gehen. Meine Eltern wollen vom Alter noch etwas haben.«

»Verständlich. Sie haben immer gearbeitet. Irgendwann muss mal gut sein.«

»Genauso ist es.«

»Du übernimmst die Firma. Das sagten sie im Fernsehen.«

»So ist der Plan. Allerdings gibt es da einen Haken.«

»Lass mich raten. Es hat was mit der Heirat zu tun.«

»Ja. Mein Vater möchte, dass der Fortbestand der Firma gesichert ist.«

»Inwiefern?« Robyn ahnte, worauf es hinauslief.

»Er meint, ich bin bald dreißig und wenn ich die Firma übernehmen möchte, ist eine Heirat Bedingung.« Mason grinste schief.

Robyn klappte den Mund auf, aber es kam nichts heraus. Erst beim zweiten Versuch schaffte sie, sich zu artikulieren. »Du hast die Auflage, zu heiraten?«

»Ja.«

»Und wenn nicht, was passiert dann?«

»Er verkauft die Firma.«

»Oh.«

»Ja, so habe ich auch reagiert.«

»Ich verstehe den Zusammenhang nicht. Wieso musst du verheiratet sein?«

»Mein Vater ist der Meinung, ich muss mich erden.«

»Kannst du das genauer erklären?« Robyn lehnte sich vor. Inzwischen war sie neugierig, was dahintersteckte.

»Na ja. Sagen wir mal so. Ich habe mich, was Frauen anbelangt, in den letzten Jahren nicht mit Ruhm bekleckert.« Mason senkte den Blick. Es war ihm peinlich, das vor Robyn auszuwalzen.

»Du hattest viele Freundinnen«, stellte Robyn fest.

Mason nickte. »Ja. Meinem Vater ging es immer auf den Geist, dass, als ich noch zu Hause gewohnt habe, jedes Wochenende, eine andere Frau mit am Frühstückstisch saß.«

»Das kannst du ihm nicht verübeln.« Anscheinend war aus Mason ein richtiger Hallodri geworden. Das hätte sie nicht gedacht.

»Tue ich auch nicht. Ich verstehe ihn. Das war bestimmt anstrengend.«

»Das denke ich auch. Eltern wünschen sich Enkelkinder. Ständig wechselnde Freundinnen sind kein guter Ausgangspunkt.« Robyn dachte da an ihre Eltern.

»Ja, ich weiß.« Mason grinste breit.

»Sag nicht, das hat meine Mutter dir auch erzählt?«

»Doch, hat sie.«

Stöhnend legte Robyn den Kopf auf den Tisch. Sie war froh, dass ihre Eltern keinen Internetanschluss hatten. Sonst würde ihre Mutter sie wohl ohne ihr Wissen in sämtlichen Partnerbörsen anmelden.

»Ist doch nicht schlimm.«

Robyn hob den Kopf. »Das sagst du.« Sie zog eine Grimasse. »Genug von mir. Erzähl weiter.«

»Na ja. Mein Interesse lag eher auf den Frauen, als auf der Firma. Ein Jahr lang hatte ich eine feste Beziehung. Mein Vater meint, in der Zeit habe ich in der Firma richtig Gas gegeben. Als es aus war, habe ich mich nicht mehr so eingebracht, wie es nötig wäre.«

»Jetzt wird mir klar, wieso er eine Heirat zur Bedingung macht. Wenn du es als CEO schleifen lässt, fährst du eventuell, wenn du nicht aufpasst, die Firma gegen die Wand.«

»Genauso ist es. Wenn ich verheiratet bin, muss ich ja nicht mehr jagen und kann meine ganze Energie in die Firma legen. O-Ton von meinem Vater.«

»Damit hat er nicht unrecht.« Es klang für Robyn alles logisch, nur eine Sache war unklar. »Wieso ich?« Wenn er so viele Freundinnen hatte, fand sich sicher eine, die ihn mit

Kusshand nahm und ihn schneller vor den Altar zog, als ihm lieb war.

»Früher waren wir beste Freunde, hatten keine Geheimnisse voreinander und haben uns bedingungslos vertraut.«

»Ja, es waren schöne Zeiten.« Robyn lächelte bei dem Gedanken an die Vergangenheit. Sie konnten sich blind aufeinander verlassen.

»Deshalb kommst nur du infrage.«

»Was ist mit deinen Exfreundinnen?«

Mason schüttelte den Kopf. »Ich vertraue keiner genug, um sie zu heiraten. Viele waren hinter meinem Geld her. Das ist die Kehrseite der Medaille.«

»Verstehe.« Robyn wusste nicht, was sie davon halten sollte und ihren ratlosen Blick deutete Mason dann auch richtig.

»Vorneweg. Es gibt keine ehelichen Pflichten zu erfüllen. Das möchte ich ganz klar betonen. Die Ehe ist zeitlich begrenzt. Circa ein Jahr dürfte reichen.«

»Ah, ich weiß, worum es geht. Wir heiraten, dein Vater überschreibt dir die Firma und nach einer angemessenen Zeit lassen wir uns scheiden.«

»So ungefähr habe ich mir das gedacht. Ich kümmere mich gut um die Firma, wenn ich in erster Reihe stehe, auch ohne Frau. Nur leider glaubt mein Vater das nicht und möchte sich mit einer Heirat quasi absichern.«

»Das leuchtet aus seiner Sicht ein.« Wenn man so einen großen Konzern aufbaute, wollte man sicher sein, dass er in gute Hände kam.

»Ja und davon ist er nicht abzubringen. Also habe ich die Wahl. Entweder ich präsentiere ihm eine zukünftige Ehefrau oder er verkauft.«

»Hat er dir eine Frist gesetzt?«

»Drei Monate.«

»Ist nicht viel.«

»Habe ich auch gesagt, aber er meint, das schaffe ich schon.« Mason seufzte auf. Er sah verzweifelt aus. Das setzte ihm zu. »Robyn?«

»Ja?«

»Wärst du ... denn dazu bereit, meine Frau zu werden?« Hoffnungsvoll sah er sie an und in Robyn überschlugen sich die Gedanken. Was antwortete sie?

9.

»Ich ... weiß nicht.« Robyn fühlte sich überfordert. Wenn sie einwilligte, was kam auf sie zu? Auf jeden Fall ein Umzug, denn die Firma befand sich im Silicon Valley. Ob Mason in den Hollywood Hills wohnte? Aber das war nur zweitrangig. Sie musste ihre Familie zurücklassen und ihren Job aufgeben. Ob sie dort Arbeit fand? Es gab so viele offene Fragen.

»Das verstehe ich. Du brauchst Zeit, um es zu überdenken. Ich gebe zu, ich hatte gehofft, du bist direkt dabei, aber das ist albern. Es wäre eine große Veränderung in deinem Leben. Nimm dir die Zeit, die du brauchst. Ich habe auch etwas für dich.« Mason nahm aus der Tasche eine Mappe und gab sie Robyn.

»Was ist das?«

»Ein Vertrag, falls du zustimmst. Dort ist alles genau aufgelistet. Ich entlohne dich für das Jahr und nach der Scheidung zahle ich dir Unterhalt. Um Geld brauchst du dir in der Zukunft keine Sorgen mehr machen.« Mason lächelte zaghaft, was Robyn gefiel. Es erinnerte sie an den Mason von damals.

Sie blätterte durch die Unterlagen. »Viel zu lesen.«

»Es soll alles seine Ordnung haben. Nimm dir Zeit. Ich bin einige Tage in der Stadt. Hier ist meine Nummer.« Er gab ihr einen Zettel.

»Danke.« Robyn legte ihn zu dem Vertrag. »Ich muss jetzt arbeiten.« Sie klappte die Mappe zu und stand auf.

»Robyn?«

»Ja.«

»Darf ich dich heute Abend zum Essen einladen? Nicht, wegen des Vertrags, sondern der alten Zeiten willen.«

Robyn freute sich aufrichtig über die Einladung. »Gerne. Ich habe gegen achtzehn Uhr Schluss.«

»Passt dir neunzehn Uhr?«

»Ja, das schaffe ich.« Robyn nannte ihm ihre Adresse.

»Ich bin pünktlich bei dir. Ich freue mich.«

Robyn erwiderte das Lächeln. »Ich mich auch.«

»Bis nachher.« Mason verließ das Diner und Robyn sah ihm hinterher, bis die Tür hinter ihm zuklappte.

Fast im selben Moment stürmte Maja zu ihr. »Erzähl. Was wollte er? Du siehst aus, als hättest du einen Geist gesehen.«

»So fühle ich mich gerade. Du glaubst nicht, was er mir angeboten hat.«

»Sag.«

Robyn gab die Unterhaltung in kurzen Worten wieder und Maja sah sie mit offenem Mund an.

»Das gibt es nicht.«

»Anscheinend doch.«

»Nimmst du an?«

»Ich weiß es noch nicht.«

»Was gibt es da zu überlegen? Das ist die Chance deines Lebens. Du wärst blöd, würdest du sie verstreichen lassen.«

»Es ist verlockend. Das stimmt. Aber ich muss erst darüber nachdenken und mir über einiges klar werden.« Robyn nahm sich vor, in der Pause in den Vertrag zu schauen. Am Abend hatte sie Gelegenheit, mit Mason zu sprechen. Vielleicht kam sie heute noch zu einer Entscheidung. Denn zu lange wollte sie ihn nicht warten lassen, da ihm die Zeit im Nacken saß.

»Also für mich wäre die Sache klar«, sagte Maja mit einem breiten Grinsen. »Heißer Typ, guter Deal. Perfekt.«

»Du findest Mason heiß?« Verdutzt sah sie Maja an. Er sah gut aus. Keine Frage, aber als heiß würde sie ihn nicht bezeichnen.

»Natürlich. Hast du keine Augen im Kopf?« Maja schüttelte den Kopf. »Vielleicht siehst du noch den schlaksigen Teenager in ihm? So hast du ihn mir mal beschrieben.«

»Wahrscheinlich hast du recht. Es ist einfach Mason. Mein Freund in jeder Lebenslage.«

»Vielleicht jetzt in einer ganz besonderen Lage.«

»Nein. Das ist nicht Teil des Vertrags.« War ja klar, woran Maja dachte.

»Wie schade.«

»Ist schon gut so.« Sonst hätte sie wohl gleich abgelehnt. Das wollte sie nicht und Mason garantiert ebenfalls nicht.

»Die Kundschaft ruft.« Maja eilte hinter den Tresen und nachdem Robyn die Unterlagen verstaut hatte, begann sie ihre Schicht. Mit den Gedanken allerdings war sie ganz woanders.

Um kurz vor neunzehn Uhr stand Robyn vor der Tür und wartete auf Mason. In der Pause hatte sie den Vertrag gelesen, der fair war und Majas Worte hallten in ihrem Kopf nach. So eine Chance bekam sie in diesem Leben nicht mehr. Den Rest der Schicht hatte sie gegrübelt und sich eben unter der Dusche zu einer Entscheidung durchgerungen.

Ein Wagen stoppte am Straßenrand und Mason stieg aus. »Ich hoffe, du wartest nicht zu lange.« Er öffnete die Beifahrertür.

»Nein. Erst einige Sekunden. Danke.« Robyn stieg ein. Ein schicker Wagen. Kein Vergleich zu ihrer alten Kiste. Mason lebte in einer ganz anderen Welt.

Mason nahm auf dem Fahrersitz Platz. »Ich hoffe, du hast Hunger.«

»Ich bin halb verhungert.«

»Das hast du früher auch immer geantwortet.« Lächelnd startete Mason den Wagen.

»Manche Dinge ändern sich nie.«

»Das stimmt.«

»Wo fahren wir hin?«

»In ein Südstaatenrestaurant. Ich hoffe, du isst immer noch so gerne Gumbo, wie damals.«

»Ja, das hat sich ebenfalls nicht geändert.« Robyn leckte sich unbewusst über die Lippen. Sie freute sich, dass er sich daran erinnerte.

»Hast du mal in den Vertrag hineingesehen?«, fragte Mason, den Blick dabei auf den Verkehr gerichtet.

»Ja habe ich.«

»Und, was sagst du dazu?«

»Er ist gut. Wenn ich unterschreibe, habe ich nie wieder Geldsorgen.«

»Das habe ich ja gesagt. Wenn du zustimmst, sollst du davon nur Vorteile haben. Ich verlange schließlich viel. Du gibst hier dein Leben auf. Zumindest teilweise. Du kannst jederzeit reisen oder Besuch empfangen. Aber dein Leben spielt sich dann hauptsächlich in Kalifornien ab.« Mason warf ihr einen kurzen Seitenblick zu, wie um sich zu überzeugen, ob er ihr die Antwort vom Gesicht ablesen könnte.

»Ich weiß. Deshalb habe ich es mir sorgfältig überlegt. Den ganzen Tag über habe ich Vor – und Nachteile gegeneinander abgewogen.«

»Bist du zu einem Ergebnis gekommen?« Mason hielt vor einer roten Ampel. Er sah Robyn an. Sein Blick war nicht zu deuten, aber sein Gesicht zuckte leicht. Das verriet Robyn, dass er angespannt war.

»Ja bin ich.« Eigentlich hatte sie es beim Essen sagen wollen, aber ihn nun auf die Folter spannen, wäre nicht nett. »Ich nehme dein Angebot an.«

»Echt?« Mason riss die Augen auf. Anscheinend hatte er mit einer Absage gerechnet.

»Ja. Ganz in echt.«

»Oh Robyn. Mir fällt gerade ein ganzer Felsbrocken vom Herzen.«

»Ich habe ihn landen gehört«, antwortete sie trocken. Da war es wieder. Das herzliche Miteinander von früher. Robyn sah keinen Grund, abzulehnen. Sie war sicher, sie verbrachten ein glückliches Jahr miteinander, wo sie ihre Freundschaft neu aufleben lassen konnten.

»Darauf stoßen wir gleich an. Auf unsere Ehe.« Lachend und mit bester Laune fuhr Mason los und Robyn fühlte, dass es die richtige Entscheidung war.

10.

»Ich bin so aufgeregt.« Maja tanzte durch Robyns Wohnzimmer.

»Sollte das nicht mein Part sein?« Schmunzelnd öffnete Robyn eine Flasche Rotwein. Es war Samstagabend, sie hatten beide frei und stießen auf Robyns baldige Hochzeit an. Maja war, seit sie ihr von der Heirat erzählt hatte, kaum zu beruhigen. Man könnte meinen, sie wäre die Braut.

»Ich freue mich für dich mit. Wie kannst du so ruhig sein?«

»Vielleicht, weil die Hochzeit nicht echt ist?« Robyn zuckte die Schultern. Sie fand es selbst unheimlich, wie gelassen sie war. Es lag wohl an Mason, er war genauso ausgeglichen. Es war im Prinzip eine WG, nur dass sie verheiratet waren. Sie sah in Mason keinen Mann, sondern ihren besten Freund. Wahrscheinlich lag es daran. Für sie war es, als zöge sie mit einer Freundin zusammen. Das war der Unterschied zu Maja, die in Mason einen attraktiven Mann sah.

»Deine Nerven möchte ich haben.« Maja fiel wie ein nasser Sack aufs Sofa.

Robyn schenkte Wein ein und gab ihr ein Glas.

»Danke.«

»Oder möchtest du lieber Baldrian?« Grinsend stellte Robyn die Flasche weg.

»Wenn ich ja sage, hast du ein Problem. Du hast keinen da.«

»Du hast mich eiskalt erwischt. Aber für dich würde ich eine Flasche besorgen.«

»Wie lieb von dir.«

»So bin ich halt.« Lachend hob Robyn das Glas. »Auf was trinken wir?«

»Auf dich und Mason und das ihr glücklich werdet.«

Robyn verdrehte die Augen. Maja war hoffnungslos romantisch. Sie hoffte, dass sich etwas entwickelte, aber das war utopisch. Es war Mason, von dem sie redeten, aber das ließ Maja nicht gelten.

»Ich sehe das.«

»Sehr gut. Da weißt du gleich, was ich davon halte.«

»Dann trinken wir eben auf eine gute Zeit.«

»Da bin ich dabei.«

Sie prosteten sich zu.

»Der schmeckt komisch.« Maja verzog das Gesicht »Wo hast du den denn her?«

»Aus dem Supermarkt.«

»Vom Grabbeltisch?« Maja schüttelte sich.

Vorsichtig probierte Robyn und schüttelte sich danach. »Schmeckt nach Korken.« Robyn nahm die Gläser an sich. »Ich schütte ihn weg.«

»Besser ist das. Hast du noch einen anderen?«

»Nur meinen Kochwein.«

»Nein danke.« Maja folgte Robyn in die Küche. »Sagst du es deinen Eltern?«

»Dass ich heirate?« Robyn grinste. »Wäre angebracht.«

»Nein, das meine ich nicht. Sondern, dass es keine echte Ehe ist, also echt schon, ach, du weißt, wie ich das meine.«

Seufzend stellte Robyn die Gläser in die Spülmaschine. Darüber hatte sie im Vorfeld mit Mason gesprochen. Dem wäre es lieber, sie würde Stillschweigen bewahren, aber da hatte sie gestreikt. Ihre Eltern weihte sie ein, genau wie Maja. Das war ihre Bedingung gewesen, sonst wäre der Deal geplatzt. Diese Menschen anzulügen, brachte sie nicht übers Herz und sie selbst brauchte jemanden, mit dem sie darüber sprechen konnte. »Ja, ich sage es ihnen.«

»Wann denn?«

»Morgen bin ich zum Mittagessen bei ihnen.« Robyn graute davor, aber es war besser, als die Wahrheit zu verschweigen. Wäre diese Liebe echt, wäre ihre Mutter vor Begeisterung kaum mehr zu bremsen. Wie sie darauf reagierten? Bei ihrem Vater hatte sie weniger Bedenken, aber ihre Mutter war, was das Thema Beziehungen anging, etwas heikel. Wohl, weil sie sich so sehnlichst Enkel wünschte.

»Ruf mich an, wenn du lebend herauskommst.« Maja öffnete den Kühlschrank, auf der Suche nach etwas zu trinken.

»Du machst mir Mut.«

»Ich bin nur Realist.« Sie nahm eine Flasche 43er heraus, zusammen mit einem Tetrapack Milch.

»Du hast ja recht.«

»Was hältst du hiervon?« Maja hielt die Beute in die Höhe.

»Eine gute Idee. Trinke ich mir für morgen Mut an.«

Mit der Hüfte schloss Maja den Kühlschrank, während Robyn Gläser aus einem Schrank nahm.

»So schlimm wird es nicht.«

»Ich fühle mich unwohl dabei.«

»Verständlich.« Maja mixte die Getränke zusammen.

Wer erzählte seinen Eltern auch von seiner Hochzeit und erwähnte nebenbei, dass es eine rein geschäftliche Beziehung war? Wohl die wenigsten. Vor zwei Tagen hatte sie den Vertrag unterschrieben und Schwierigkeiten damit gehabt, dass es die Realität war.

Bereits in zwei Wochen flog sie nach Kalifornien, um zu ihm zu ziehen. Vorher gab es hier noch einiges zur regeln. Die Wohnung musste gekündigt werden, genauso wie ihr Job. Es fiel ihr nicht leicht, ihn aufzugeben. Sie hatte Maja dort kennengelernt und die Arbeit machte Spaß. Sie hoffte, sie fand in Los Angeles schnell eine neue Stelle. Denn dass sie arbeitete, stand außer Frage. Sie setzte sich nicht den ganzen Tag hin, um auf Mason zu warten. Sie brauchte etwas zu tun.

»Hier. Für dich.« Maja gab ihr eins der Gläser.

»Danke.«

»Es ist nicht einfach, mh?«

»Nein. Auf keinen Fall.«

»Ich habe einen Vorschlag.« Maja sah angestrengt in ihr Glas.

»Lass hören.«

»Ich habe noch einige Urlaubstage über. Wenn du magst, fliege ich mit dir in dein neues Leben und begleite dich die ersten Tage. Dann ist es nicht ganz so schwer.«

»Das würdest du für mich tun?« Ein Strahlen ging über Robyns Gesicht. Sie fühlte sich gleich ein wenig leichter.

»Natürlich. Du bist meine beste Freundin und du fehlst mir jetzt schon.« Maja wischte sich über die Augen.

»Heulst du?«

»Nein. Das ist nur die Freude.« Maja schniefte.

»Ich vermisse dich auch jetzt schon.« Robyn nahm die Gläser, stellte sie weg und schloss Maja in die Arme.

»Jetzt heulst ... du auch«, sagte Maja.

»Geteiltes Leid und so, du weißt schon.«

»Wir sind ganz schön doof.« Maja löste sich von ihr und wischte sich mit dem Ärmel die Tränen von der Wange.

»Wir sind Freundinnen, da darf man das.« Robyn tat es ihr gleich. »Und du kommst wirklich mit?«

»Ja klar. Wenn du mich dabeihaben möchtest.«

»Du dumme Nuss. Da fragst du noch?« Sie knuffte Maja.

»Dann reiche ich gleich Montag den Urlaub ein.« Sie machte eine Pause. »Meinst du, Mason hat was dagegen?«

»Nein, das glaube ich nicht. Ansonsten, wir sind zwei gegen einen. Soll er sich mal mit uns anlegen.«

»Frauenpower«, sagte Maja lachend.

»Genau. Er ist einverstanden, das weiß ich.«

»Dann stoßen wir darauf an.« Maja gab ihr das Glas. »Auf uns.«

»Auf uns.« Robyn fühlte sich ein wenig leichter ums Herz, auf den Weg in ein neues Leben.

11.

Ein wenig nervös klingelte Robyn am nächsten Tag um kurz vor zwölf Uhr bei ihren Eltern. Sie war müde. Die halbe Nacht hatte sie sich herumgewälzt und im Geiste das Gespräch geführt. Am Morgen war sie völlig geschlaucht gewesen. Denken war anstrengend.

»Hallo mein Schatz. Schön, dass du da bist. Komm herein.«

Robyn umarmte ihren Vater zur Begrüßung. »Es riecht köstlich.« Schnuppernd hob sie die Nase. Ihre Mutter war eine begnadete Köchin. Sie war froh, dass sie sich einiges von ihr abschauen konnte. Ihre Mutter hatte darauf bestanden, dass sie kochen lernte, bevor sie auszog, damit sie sich nicht von Dosenfutter ernähren musste. Robyn war ihr bis heute dafür dankbar Sie kochte gerne und am liebsten für Freunde. Ein wenig Wehmut kam auf, denn die ließ sie alle zurück.

»Deine Mutter hat mich eben aus der Küche verscheucht.« Grummelnd schloss Fred die Tür.

»Hast du genascht?« Robyn kannte ihren Vater. Der probierte gerne so lange, bis der Topf leer war.

»Nur ein bisschen.« Fred hielt Daumen und Zeigefinger gegeneinander, um die Wenigkeit zu demonstrieren.

»Dein bisschen kenne ich.« Grinsend drückte Robyn ihrem Vater die Jacke in die Hand. Es war trotz, dass es fast Mai war, noch frisch. Jacken gehörten wohl bald der Vergangenheit an. In Los Angeles herrschten das ganze Jahr über angenehme Temperaturen. Das war ein Aspekt, auf den sie sich freute. Sie war ein Sommermensch, dem Winter konnte sie nicht viel abgewinnen. Ein eindeutiger Pluspunkt für die neue Heimat.

»Frauen. Halten immer zusammen.«

»Ist Mum in der Küche?«

»Ja. Geh ruhig. Ich hänge deine Jacke weg.«

»Danke.« Robyn lief in die Küche und fand ihre Mutter vor dem Backofen hockend.

»Guckst du das Essen fertig?«

»Wenn es so einfach wäre.« Schnaubend stand Lisa auf.

»Was gibt es Leckeres?« Robyn sah in den Backofen.

»Hackfleischauflauf mit Kartoffelbrei. Zum Nachtisch Muffins.«

»Selbst gebacken?«

Lisa stemmte die Hände in die Hüfte. Entrüstet sah sie ihre Tochter an.

»Schon gut. Streich die Frage aus dem Protokoll.« Ihre Mutter war früher Gerichtsschreiberin gewesen. Inzwischen war sie in Rente, aber manchmal fühlten Robyn und ihr Vater sich, als stünden sie vor Gericht. Vor allem wenn sie dieses Gesicht, wie im Moment, aufsetzte. Ihr Vater beklagte sich darüber, dass sie Einkaufszettel oder Geschenkelisten in Stenografie schrieb. So stellte sie sicher, dass niemand außer ihr, die lesen konnte. Und sie freute sich diebisch darüber, wenn ihr Vater mal wieder verzweifelt auf einen solchen Zettel starrte.

»Schokoladenmuffins mit flüssigem Kern.«

»Die liebe ich.« Robyn leckte sich über die Lippen.

»Ich weiß. Deshalb habe ich sie gebacken. Komm her. Begrüß deine Mutter mal ordentlich.« Lisa zog Robyn in die Arme.

»Du bist die beste Mum.«

»Und du die beste Tochter, die man sich wünschen kann.« Lisa schob Robyn eine Armlänge von sich weg. »Gut siehst du aus.«

»Danke. Du auch.«

»Gibt es etwas Neues?« Lisa drehte den Backofen ab und nahm die Form heraus.

»Ja. In der Tat.« Robyn atmete tief durch.

»Was denn?«

»Das riecht lecker.«

»Lenk nicht vom Thema ab.« Skeptisch sah Lisa sie an. »Gute Neuigkeiten?«

»Im Prinzip schon.«

»Das hört sich merkwürdig an. Alles in Ordnung?« Nun wirkte Lisa besorgt.

»Ja. Alles bestens. Ich habe große Neuigkeiten und möchte euch beim Essen davon erzählen.« Robyn war so aufgeregt, dass sie hoffte, überhaupt einen Bissen hinunterzubekommen.

»Okay. Dann beeilen wir uns mit auftragen. Du hast meine Neugier geweckt.«

»Die muss man nicht wecken. Die ist immer präsent.« Fred stand in der Küchentür.

»Geh und deck den Tisch.«

»Ist erledigt. Ich habe Hunger. Gibt es jetzt Mittagessen?«

»Ja. Nimm den Auflauf mit. Ich hole den Salat und ...«

»Den kannst du behalten. Salat. Bin ich ein Hase?«, hörten sie Fred beim Verlassen der Küche vor sich hin murmeln.

»Folgen wir ihm. Sonst bleibt für uns nur Salat.« Lisa schnappte sich die Schüssel und die Frauen folgten Fred ins Wohnzimmer.

»Guten Appetit«, wünschte Lisa, nachdem sie allen den Teller bis kurz vorm Überlaufen gefüllt hatte. Robyn fühlte sich der Portion nicht gewachsen. Überhaupt wurde der Knoten im Bauch immer größer.

»Danke.« Robyn nahm die Gabel in die Hand und stocherte im Auflauf herum.

»Ich denke, es ist an der Zeit, dass du uns sagst, was los ist. Denn das«, Lisa zeigte auf Robyns Teller, »ist nicht deine Art.«

»Deine Mutter hat recht. Normal fällst du darüber her. Wie ein Tiger. Oder ein Löwe?«

»Das ist doch nebensächlich. Lass Robyn reden«, schnitt Lisa ihrem Mann das Wort ab.

Robyn legte die Gabel weg, schloss kurz die Augen und sah ihre Eltern dann entschlossen an. »Erinnert ihr euch an Mason?«

»Natürlich. Er hat letzte Woche angerufen und sich nach dir erkundigt. War er im Diner?« Lisas Augen leuchteten auf.

»Ja. War er. Wir haben uns nett unterhalten.«

»Mason ist ein sehr attraktiver Mann geworden, findest du nicht auch, mein Schatz.«

»Ja Mum. Er hat sich gemausert.«

»Seid ihr ... ausgegangen?« Lisa fummelte an der Serviette herum. Robyn vermutete, sie sah die Enkel wieder in Reichweite rücken.

»Ja. Wir haben einiges besprochen.«

»Was denn?«, fragte Fred.

»Unsere Hochzeit.«

Lisa klappte der Mund auf und Fred ließ die Gabel fallen. Beide starrten sie an, ohne etwas zu sagen. Robyn verübelte es ihnen nicht.

»Wie bitte?« Lisa sah sie an, als hätte sie ihr eröffnet, sie flöge ohne Rückfahrticket zum Mars.

»Mason und ich heiraten.«

»Schatz. Ich freue mich für dich, aber meinst du nicht, das ist ein bisschen zu übereilt?« Lisa sah sie besorgt an.

»Ich erkläre es euch. Es ist nämlich anders, als ihr denkt. Es ist so ...«

Nachdem Robyn erzählt hatte, was es mit der Hochzeit auf sich hatte, blickte sie in zwei ratlose Gesichter. Ihre Eltern waren mindestens so verdutzt, wie sie, als Mason mit dem Vorschlag kam.

Fred räusperte sich. »Also, ich finde es gut. Der finanzielle Aspekt ist nicht zu unterschätzen. Dazu ist Mason ein feiner Kerl. Ich mochte ihn immer sehr gerne. Du siehst ja, wo es hinführt, wenn das Geld fehlt.«

Robyn wusste, dass ihr Vater sich Vorwürfe machte, dass sie nicht hatte studieren können. Sie hatte ihm immer wieder versichert, dass es in Ordnung war, aber er hatte sich für sein einziges Kind ein anderes Leben gewünscht. Dass sie vorhatte, mit Masons großzügiger Entlohnung auch ihre Eltern zu unterstützen, verschwieg sie fürs Erste. Das würden sie nicht wollen und am Ende denken sie tat es für sie. Das erfuhren sie, wenn die Ehe beendet war. »Danke Dad. Mum? Was sagst du?«

»Ich ... weiß nicht. Aber Einwände habe ich nicht. Alles, was du erzählt hast, klingt durchweg positiv. Du solltest es tun.« Auf Lisas Gesicht bildete sich ein Lächeln und Robyn fiel ein Stein vom Herzen. Sie war froh, dass ihre Eltern einverstanden waren. Das bedeutete ihr sehr viel.

Fred stand auf. »Ich hole eine Flasche Wein. Egal, ob die Ehe echt ist oder nicht. Mein Mädchen heiratet. Darauf will ich anstoßen.«

»Nimm den Guten«, rief Lisa.

»Natürlich.« Fred kam mit Flasche und Gläsern zurück und schenkte den Wein ein. Anschließend hob er sein Glas. »Auf dich Robyn und das dir ein glückliches Jahr bevorsteht.«

Sie prosteten sich zu und Robyn fühlte sich ein ganzes Stück leichter.

12.

»Bist du fertig? Wir müssen los.«

»Ich komme gleich Dad.«

»Fünf Minuten, sonst wird es knapp.« Fred verließ das Zimmer und Robyn schloss kurz die Augen. Jetzt ging es los. Heute begann ihr neues Leben.

Gestern war ihr letzter Arbeitstag und die Wohnung hatte sie vor drei Tagen dem Vermieter übergeben. Für die Tage bis zum Abflug war sie in ihr altes Kinderzimmer gezogen. Es war merkwürdig, aber gleichzeitig schön. Ihre Eltern hatten sie umsorgt, wahrscheinlich auch deshalb, weil sie sich nun länger nicht sahen.

Ein wenig wehmütig sah sie sich im Zimmer um. Es war ein Abschied, zwar auf Zeit, aber es war einer. Sie flog in eine Stadt, wo sie niemanden kannte, um einen Mann zu heiraten, den sie jahrelang nicht gesehen hatte. Sie war froh, dass Maja sie begleitete und eine Woche blieb. So fiel ihr die Eingewöhnung hoffentlich leichter.

Mason war, wie vermutet, einverstanden gewesen, dass Maja mit nach Kalifornien flog. Mason war noch der nette Kerl von damals. Eine Hochzeit mit einem Kotzbrocken käme für Robyn nicht infrage.

Mason war einige Tage nach dem Deal zurückgeflogen und hatte es arbeitstechnisch nicht mehr geschafft, noch einmal zu kommen, wie er es geplant hatte. Zwar hatten sie telefoniert, aber Robyn brannten so viele Fragen unter den Nägeln. Ganz oben auf ihrer Liste stand ein neuer Job. Vielleicht konnte Mason ihr einen Kontakt vermitteln. Auf keinen Fall wollte sie von ihm ausgehalten werden. Ihren Lebensunterhalt verdiente sie sich selbst. Egal, ob sie seine Frau war.

»ROBYN!«, hörte sie ihren Vater rufen.

»KOMME.« Sie schnappte sich die Handtasche, sah sich um, ob sie nichts vergessen hatte und lief die Treppe hinunter. »Bin schon da.«

»Schon ist gut«, sagte Fred.

»Hast du alles?«, fragte Lisa.

»Ja.«

»Dein Ticket?«

»Alles hier drin Mum.« Robyn klopfte auf die Handtasche.

»Dann lasst uns fahren. Sonst hebt der Flieger doch ohne sie ab.« Fred öffnete die Haustür und scheuchte die Frauen hinaus.

Ihre Eltern ließen es sich nicht nehmen, sie zum Flughafen zu begleiten und sie war froh, nicht allein hinfahren zu müssen. Ein wenig traurig war sie, auch wenn sie es verbarg. Sonst machten ihre Eltern sich Sorgen und das wollte sie nicht.

Eine halbe Stunde später betraten sie den Flughafen, wo Maja auf Robyn zustürzte.

»Da bist du ja. Ich habe gedacht, du kneifst.«

»Auf dem Weg gab es eine Baustelle«, sagte Robyn. Kurzzeitig hatte sie vorhin wirklich Angst gehabt, den Flug zu verpassen. Zum Glück ließ ihr Vater sich von Baustellen nicht aufhalten und es war kein Polizist in der Nähe gewesen. Dafür hätte er garantiert einen Strafzettel kassiert.

»Dann los. Unser Flug wurde schon zweimal aufgerufen. Du musst noch einchecken. Beeilen wir uns«, trieb Maja sie an.

Zum Glück hatten sie die Koffer bereits gestern Abend aufgegeben, so musste sie nur das Flugticket lösen.

»Guten Flug euch zwei.« Lisa umarmte Robyn und Fred tat es ihr gleich.

»Meldet euch, wenn ihr da seid.« Fred wischte sich über die Augen.

»Dad, weinst du?«

»Nein. Das sind die Kontaktlinsen.«

»Du trägst doch gar keine!«

»Ach ja. Ist ja auch egal. Lauft. Sonst fliegen die ohne euch.«

»Wiedersehen Mr. und Mrs. Taylor.« Maja packte Robyn am Arm. »Wir müssen los.«

»Ja. Hab euch lieb.« Robyn warf ihren Eltern im Gehen eine Kusshand zu und rannte dann hinter Maja her zum Schalter. Auf dem Weg hörten sie den letzten Aufruf für ihren Flug. Atemlos legte sie ihr Ticket vor.

»Gerade noch rechtzeitig Miss. Guten Flug wünsche ich Ihnen.« Die Angestellte gab ihr den Boardpass.

»Danke.«

»Jetzt kann das Abenteuer beginnen«, sagte Maja. »Ich freue mich schon auf Los Angeles. Ich war noch nie in Kalifornien.«

»Ich auch nicht.«

»Bin gespannt, was uns erwartet.«

»Eine Hochzeit vielleicht?« Robyn folgte Maja ins Flugzeug.

»Der Standesbeamte sammelt dich nicht direkt am Flughafen ein.«

»Das weiß ich.« Robyn rollte die Augen nach oben.

»Wäre aber witzig.« Maja grinste breit.

»Stellst du dir das gerade bildlich vor?«

»Ja«, sagte Maja glucksend.

»Ich habe es geahnt.«

»Gönn mir den Spaß.« Sie knuffte Robyn in die Seite und zeigte das Ticket vor.

»Ich finde die Vorstellung auch lustig. Hat was.«

»Folgen Sie mir bitte«, sagte die Stewardess freundlich.

»Wohin denn?«

»In die erste Klasse.«

»Erste ... Klasse?« Verwundert sah Robyn sie an.

»Wow.« Majas Augen leuchteten.

»Ja. Hier steht es.« Die Stewardess tippte auf das Ticket.

»Tatsächlich. Das ist mir vorher nicht aufgefallen.« Robyn fasste es nicht, dass ihr das entgangen war. Wahrscheinlich, weil sie damit nicht gerechnet hatte.

»Ich habe es auch nicht gesehen.« Grinsend zuckte Maja die Schultern.

»Dann ist es eine angenehme Überraschung für Sie«, sagte die Stewardess mit einem Zwinkern. »Folgen Sie mir.«

»Nur zu gerne.«

Die Freundinnen wurden in die erste Klasse geführt und kamen aus dem Stauen gar nicht mehr heraus.

»Das sind Ihre Plätze. Wenn Sie etwas benötigen, einfach klingeln. Es kommt sofort jemand. Haben Sie noch Fragen?«

»Im Moment nicht. Danke«, sagte Robyn.

»Dann wünsche ich einen angenehmen Aufenthalt an Bord.« Die Stewardess ließ sie alleine und Maja setzte sich in den Sitz, der eher einem gemütlichen Sessel ähnelte und so gar nichts mit den Flugzeugsitzen in der Holzklasse gemeinsam hatte.

»Wow. Ist das gemütlich.«

Robyn nahm ihr gegenüber Platz. »Echt der Wahnsinn. Da macht Fliegen richtig Spaß.«

»Ganz deiner Meinung. Wie lange dauert der Flug noch mal?«

»Circa sechs Stunden.«

»Dann können wir den Flug richtig genießen.« Maja drückte auf einen Knopf und der Sitz fuhr in eine Liegeposition. »So lässt es sich aushalten.« Zufrieden seufzend schloss sie die Augen.

Robyn wünschte, sie könnte dem Beispiel folgen, aber sie war viel zu aufgeregt wegen dem, was auf sie zukam.

13.

»Das war der beste Flug meines Lebens.« Maja streckte sich genüsslich im Sitz.

»Du hast ihn fast komplett verschlafen.« Robyn stand auf. Sie waren gerade gelandet und sie hatte Maja glühend beneidet. Ihr war Schlaf nicht vergönnt gewesen. Zu viele Gedanken wirbelten in ihrem Kopf herum. So aufgeregt war sie lange nicht mehr. Ein neuer Lebensabschnitt mit vielen Fragezeichen und Unbekannten begann. Zwar gab es einen Vertrag, bezüglich der Hochzeit und des finanziellen Aspekts, aber wie ihr Leben verlief, würde sich erst zeigen.

»Das Beste, was man tun kann im Flugzeug.« Gut gelaunt sprang Maja auf. »Lass uns gehen. Holt Mason uns ab?«

»Ja, er erwartet uns.« Robyn hatte angeboten, sich ein Taxi zu nehmen. Sie wollte ihm keine Umstände bereiten, aber er bestand darauf, sie abzuholen. Schließlich war sie seine Verlobte und er wusste, was sich gehörte.

»Was für einen Wagen fährt er?«

Robyn zuckte die Schultern. Sie hatte keine Ahnung. Überhaupt wusste sie bis jetzt erschreckend wenig über Mason. Sie hoffte, das änderte sich bald.

»Auf Wiedersehen. Ich hoffe, Sie hatten einen angenehmen Flug«, verabschiedete sich eine Stewardess beim Aussteigen.

»Es war wunderbar«, sagte Robyn. Der Luxus der ersten Klasse war eine ganz andere Welt, als sie kannte. Wahrscheinlich gehörte das zu ihrem neuen Leben.

»Das freut mich. Ich hoffe, Sie fliegen bald wieder mit uns.«

»Ganz bestimmt.« Maja folgte Robyn zur Gepäckausgabe und danach strebten sie dem Ausgang entgegen.

»Robyn«, hörte sie Masons Stimme, kaum hatten sie die Tür passiert.

Robyn drehte den Kopf und sah Mason auf sie zulaufen.

»Willkommen in Los Angeles.« Er umarmte Robyn und gab Maja die Hand. »Ich bin Mason, aber das weißt du sicher«, sagte er lachend.

»Klar. Ich bin Maja, aber das weißt du garantiert auch.« Begeistert schüttelte sie seine Hand. »Freut mich, dich kennenzulernen. Robyn hat viel von dir erzählt.«

»Ich hoffe, nur Gutes.« Er zwinkerte ihnen zu.

»Natürlich. Was denkst du denn?« Robyn knuffte ihn in die Seite

»Da bin ich erleichtert.« Er nahm Robyns Koffer in die eine und Majas in die andere Hand.

»Ein echter Gentleman«, sagte Maja bewundernd.

»Zum Glück haben die Dinger Rollen. Sonst sähe das nicht so heldenhaft aus.« Lachend setzte Mason sich mit den Koffern in Bewegung. »Gehen wir zum Auto.«

Maja griff nach Robyns Arm.

»Was ist?«

»Er ist toll«, flüsterte sie ihr zu. »So einen findest du nicht noch mal.« Maja grinste breit und Robyn zog es vor, das nicht zu kommentieren.

»Lass uns gehen, sonst verlieren wir ihn gleich in der Menge.« Sie lief hinter Mason her und Maja blieb nichts anderes über, als ihr zu folgen.

Eine knappe halbe Stunde dauerte die Fahrt bis zu Masons Haus in den Hollywood Hills. Die Freundinnen sahen begeistert aus dem Fenster und staunten über das, was sie nur aus dem Fernsehen kannten.

»Wow. Sieh mal da. Ist ja irre das Haus.« Maja zeigte auf eins der vorbeiziehenden Gebäude.

»Ich hoffe, ihr findet mein Haus genauso umwerfend«, sagte Mason lachend.

»Hast du einen Pool?«, fragte Maja.

»Ja, habe ich.«

»Dann gefällt es mir.« Maja, die auf dem Rücksitz saß, drückte sich erneut die Nase an der Scheibe platt.

»Ich hoffe, dir gefällt es ebenfalls.« Mason sah kurz zu Robyn, die gedankenverloren aus dem Fenster saß und die Eindrücke auf sich wirken ließ.

»Egal, welches Haus es ist. Mich beeindruckt jedes davon.« Wer hier lebte, gehörte zur Oberschicht. Robyn fand es gewöhnungsbedürftig, dass sie nun dazugehörte. Sie fühlte sich wie ein Alien, der zum ersten Mal einen fremden Planeten besuchte.

»Wir sind da.« Mason fuhr in eine Einfahrt, die größer war, als ihre gesamte Wohnung. Robyn schnallte sich ab und stieg aus, den Blick auf das Haus gerichtet.

»Gefällt es dir?« Mason nahm das Gepäck aus dem Kofferraum, dabei beobachtete er Robyn.

»Ja. Es ist fantastisch.«

»Es ist riesig.« Maja setzte die Sonnenbrille auf. »Wie viele Quadratmeter hat es?«

»Wohnfläche etwas über dreihundert.«

»Wow. Nobel.« Maja nickte anerkennend.

»Gehen wir hinein. Dann zeige ich euch die Zimmer.« Mason nahm die Koffer und kurz bevor er die Tür erreichte, öffnete sie sich.

»Mr. Mason. Habe ich richtig gehört.« Eine Frau, um die sechzig, stand im Türrahmen und sah sie neugierig an.

»Martha. Sie sind noch hier?«

»Ich habe den Gärtner beaufsichtigt. Letztes Mal hat er geschlampt beim Arbeiten.« Sie strich ihre ohnehin akkurat sitzende Schürze glatt.

»Robyn, das ist Martha. Die gute Seele des Hauses. Martha, meine Verlobte Robyn und ihre Freundin Maja.«

»Schön, Sie zu sehen. Mr. Mason redet nur noch von Ihnen.« Martha begrüßte Robyn so herzlich, dass die sich gleich ein Stück heimisch fühlte.

»Martha ist jeden Tag einige Stunden im Haus und kümmert sich um fast alles. Wenn du Fragen hast, sie kennt sich im Haus besser aus wie ich – was ich zu meiner Schande gestehen muss.«

»Schön, Sie kennenzulernen Martha. Ich werde mir Masons Rat zu Herzen nehmen.«

»Das ist auch besser so. Unter uns – wäre sein Kopf nicht angewachsen, fände er den auch nicht.«

»Das habe ich gehört.« Mason stemmte die Hände in die Hüften, musste aber unter dem prüfenden Blick der Frauen lachen. »Okay. Ich ergebe mich.«

»Du siehst düsteren Zeiten entgegen, glaube ich.« Maja klopfte ihm aufmunternd auf die Schulter.

»Das glaube ich auch. Zwei gegen einen, das ist unfair.«

»Zeigen Sie die Zimmer. Ich richte etwas zu essen her. Der Flug war bestimmt anstrengend. Wir treffen uns in fünfzehn Minuten in der Küche«, sagte Martha in einem Ton, der keinen Widerspruch duldete und eilte davon.

»Beeilen wir uns lieber. Ich habe die Vermutung, sie frisst uns sonst auf«, sagte Robyn lachend. Sie hatte Martha direkt ins Herz geschlossen.

»Sie mag nichts Rohes.« Mason bemühte sich um einen ernsten Gesichtsausdruck, musste dann aber lachen. »Kommt mit.« Mason lief die Treppe hinauf.

Sie folgten ihm und Robyn war es ein wenig leichter ums Herz. Die erste Hürde war genommen.

14.

»Herein«, sagte Robyn, als es klopfte. Sie wandte mit Mühe den Blick vom Fenster ab. Die Aussicht war grandios. Die Sonne ging gerade unter und tauchte die Hills in ein wunderschönes Licht. Sich hier wohlzufühlen, fiel ihr nicht schwer. Das wusste sie inzwischen. Martha war eine tolle Frau und machte es ihr leicht, sich einzugewöhnen und Mason sowieso. Sie verstanden sich so gut wie damals.

»Ich wollte mal sehen, ob du mit auspacken fertig bist.« Mason stand in der geöffneten Tür.

»Ja, ich habe alles verstaut.« Ihr Zimmer verfügte über einen begehbaren Kleiderschrank, der doppelt so groß, wie ihre Wohnung war. Ihre Habseligkeiten verloren sich darin. Sie sah sich schon in die Ecken kriechen, auf der Suche nach der Kleidung, weil sie nicht mehr wusste, wo sie was hin gepackt hatte.

»Gefällt dir dein Zimmer?« Mason trat neben sie ans Fenster.

»Ja. Es ist toll.«

»Das ist schön. Ich möchte, dass du dich rundherum wohlfühlst. Du hast viel dafür aufgegeben. Wenn es etwas gibt, was dir missfällt, sag es mir. Wir suchen gemeinsam eine Lösung.« Mason schob die Hände in die Hosentaschen der Jeans.

Im Geiste sah Robyn den Lausbub von damals. So hatte er immer geguckt, wenn er etwas angestellt hatte. »Das werde ich, aber im Moment bin ich rundherum zufrieden. Ich freue mich darauf, die Gegend zu erkunden und die Nachbarn kennenzulernen.«

»Vielen Menschen wirst du nicht begegnen. Spazieren geht hier fast niemand. Wer hier das Haus verlässt, nimmt das Auto.«

»Oh. Das habe ich nicht bedacht.« Klar. Sie war in Hollywood, nicht mehr in der Kleinstadt. Hier war alles eine Nummer größer.

Mason lachte herzhaft auf und Robyn sah ihn irritiert an.

»Tut mir leid. Ich lache dich nicht aus, aber das sah so niedlich aus, wie du geguckt hast. War nicht böse gemeint.«

»Schon gut. Ich bin halt das Landei, das keine Ahnung hat.« Robyn wusste, dass er es nicht böse meinte. »Und ich bin nicht niedlich.« Sie verschränkte die Arme vor der Brust.

»Doch. Bist du. Genau wie damals.« Er vergrub die Hände tiefer in den Taschen und Robyn hatte das Gefühl, wieder ein Teenager zu sein.

»Du bist doof.« Sie zeigte ihm einen Vogel.

»Vielen Dank.« Mason streckte ihr die Zunge heraus.

Sie spürte, wie sehr sie dieses Rumgeblödel genoss. Wie in alten Zeiten.

»Bevor ich es vergesse.« Mason kramte in der Hosentasche. »Ich habe einen Schlüssel für dich.«

»Du hast mir vorhin schon einen Hausschlüssel gegeben.«

»Ich weiß.« Er drückte ihn ihr in die Hand. »Der ist nicht fürs Haus.«

Ratlosigkeit breitete sich aus. Was war das? Ein flaches Rechteck in einem Mäppchen lag auf ihrer Handfläche. Fragend sah sie ihn an. »Ich weiß nicht, was das ist.«

»Ein Schlüssel.«

»Sieht nicht danach aus.«

»Komm mit.«

»Wohin?«

»Lass dich überraschen.« Lachend nahm er Robyn an die Hand und zog sie hinter sich her.

Robyn war gespannt, was dahintersteckte. »Wo gehen wir hin?«, fragte sie, als sie in der Küche waren.

»Warte es ab.« Mason führte sie durch eine weitere Tür, hinter der eine Garage lag. Robyn blieb wie angewurzelt stehen. Nun dämmerte ihr, was das war. Ein Autoschlüssel. Moderne Wagen besaßen eine Fernbedienung.

»Das da ist deiner.« Mason zeigte auf den schwarzen Wagen und Robyn schnappte nach Luft.

»Das ... ist ein Range Rover.« Das war ihr absolutes Traumauto und das sollte ihrer sein? Sie konnte es fast nicht glauben.

»Ja. Nagelneu. Ich habe ihn gestern erst abgeholt. Er verfügt über alle Annehmlichkeiten, die du dir vorstellen kannst.«

Robyns Ansprüche an ein Fahrzeug waren bescheiden. Sie war zufrieden, wenn der Wagen ansprang, was ihrer in der Vergangenheit nur bedingt getan hatte. Nun stand sie diesem Luxuswagen gegenüber und bekam vor Aufregung kaum einen Ton heraus. »Er ist wirklich für mich?«

»Ja. Er gehört dir. Wenn das Jahr vorbei ist, bleibt er in deinem Besitz.« Behutsam schob Mason sie ein Stück näher. »Er beißt nicht. Versprochen. Ich habe ihn gezähmt.«

Sie fand es irreal, dass Mason ihr ein Auto schenkte. Noch dazu in dieser Preisklasse. Selbst könnte sie sich das niemals leisten. Sie lebte in einer anderen Welt. Das wurde ihr jede Minute bewusster.

»Danke.« Spontan fiel sie Mason um den Hals, der die Arme fest um sie schloss.

»Ich freue mich, dass er dir gefällt.«

»Es ist mein Traumwagen und ...« Robyn stockte und löste sich von ihm.

»Ja?« Mason sah sie breit grinsend an.

»Ist das Zufall?«

»Was meinst du?« Mason strich über die Motorhaube. »Sieh mal, wie sie glänzt.«

»Lenk nicht ab.« Robyn baute sich vor ihm auf. »Ich finde es merkwürdig, dass du ausgerechnet meinen Traumwagen vor die Tür stellst. Ich schwärme seit gefühlten Ewigkeiten dafür und zack, schenkst du ihn mir?« Prüfend sah sie ihn an.

»Na ja ...«

»Ich wusste es. Raus damit.«

»Also gut. Ich habe mit deinen Eltern gesprochen und sie ein wenig ausgefragt.«

»Oh. Das haben sie mir nicht erzählt.«

»Ich habe um Stillschweigen gebeten. Ich wollte dir den Start so angenehm wie möglich machen und sie waren bereit, mir einige Fragen zu beantworten. Weil sie genau wie ich möchten, dass es dir hier gefällt und du dich schnell heimisch fühlst.« Mason lehnte sich gegen den Wagen. »Ich hoffe, du bist mir nicht böse deswegen.«

»Wie kommst du denn auf die Idee? Ich sollte dir auf Knien danken, dass du dir solche Gedanken um mein Wohlergehen machst. Du bist unglaublich.« Robyn war gerührt von Masons Bemühungen. Sie hatte das ganz große Los gezogen, da war sie sich sicher.

»Dann mal los.«

»Was denn?«

»Auf die Knie und mir huldigen.«

»Du ...« Robyn hielt ihm die Faust unter die Nase. »Willst du mal kosten?«

Mason griff danach. »Fühlt sich an wie Watte.«

»Hey ...«

Lachend zog er Robyn in die Arme und küsste sie auf die Haare. »Du bist noch genauso verrückt wie damals.«

»Du auch.« Sie kniff ihm in die Wange.

»Sehen wir mal, wo Maja ist und dann trinken wir zusammen ein Glas Wein auf der Terrasse. Der Sonnenuntergang ist beeindruckend von da.«

»Ich bin dabei.«

»Dann los.« Mason hielt ihr die Tür auf. »Nach dir.«

»Vielen Dank.« Gut gelaunt betrat Robyn die Küche. Ihr neues Leben startete traumhaft, fast wie im Märchen.

15.

»Der Wagen ist umwerfend.« Maja schwang sich auf den Beifahrersitz. »Den hat er dir einfach so geschenkt?« Ihre Stimme überschlug sich fast vor Aufregung.

»Ja. Irre, oder?« Robyn setzte sich hinter das Steuer. Ehrfürchtig strich sie über das Lenkrad. Dass es ihrer war, wollte nicht in ihren Kopf. So etwas Wertvolles hatte sie noch nie besessen.

»Hat Mason einen Bruder?«

»Nein.«

»Schade.«

»Wieso?«

»Den hätte ich mir geangelt.«

»Du verrückte Nudel.«

Lachend schnallte Maja sich an, setzte die Sonnenbrille auf die Nase und sah Robyn auffordernd an.

»Bist du bereit, L.A. zu erobern?« Robyn ließ den Motor an. Es hörte sich für sie an, wie das Schnurren eines Kätzchens. Sie liebte den Wagen jetzt schon.

»Aber so was von bereit.«

»Dann starten wir.« Robyn lenkte den Rover auf die Straße. Sie erkundeten heute die Stadt, besser gesagt, die Einkaufsmöglichkeiten. Robyn benötigte eine neue Garderobe. Wenn sie Mason in Zukunft begleitete, brauchte sie standesgemäße Kleidung.

Mason hatte ihr eine Kreditkarte überlassen, mit dem Hinweis zu kaufen, was ihr gefiel. Sie wusste, dass sie sich schwer damit tat – achtete sie doch ihr ganzes Leben schon aufs Geld. Unnötige Ausgaben lagen ihr nicht.

Etwas später kurvte Robyn durch die Straßen von Los Angeles, auf der Suche nach einem Parkplatz. Dies gestaltete sich schwieriger als vermutet. Sie dachte zu kleinstädtisch, was ein Fehler war.

»Wow. Sieh mal da.« Maja presste begeistert die Nase ans Fenster.

»Ist da ein Parkplatz?«

»Nein, aber da laufen verkleidete Superhelden herum. Mit denen möchte ich nachher ein Foto machen.«

»Falls wir einen Parkplatz finden.« Eine riesige Stadt ohne Ortskenntnis in einem neuen Auto. Perfekte Voraussetzung für eine stressige Fahrt. Maja war mit ihren Ausrufen leider keine Hilfe. Jedes Mal zuckte Robyn zusammen.

»Da vorne.« Maja wedelte mit der Hand.

»Hast du wieder einen Superhelden gesehen?«

»Nein, da ist ein Parkhaus ausgeschildert.«

Das Glück war ihnen hold. Erleichtert folgte Robyn den Schildern und stellte erleichtert den Motor aus. »Geschafft.«

»Beeilen wir uns, bevor der Tag herum ist. Ich muss Souvenirs kaufen. Ich habe versprochen, allen etwas mitzubringen.« Maja fiel beim Aussteigen fast über ihre Füße, so eilig hatte sie es.

»Da hast du ja was vor.« Majas Familie war riesig und für die Geschenke brauchte sie garantiert einen eigenen Koffer.

»Gibt nur Kleinigkeiten. Sonst fliege ich verschuldet nach Hause.« Maja schob die Sonnenbrille auf den Kopf und die Freundinnen verließen das Parkhaus.

»Lächeln«, rief Robyn und nahm dann das Foto auf.

»Zeig her.« Maja kam angeschossen, um die Aufnahme in Augenschein zu nehmen.

»Dein letzter Superheld. Jetzt hast du alle durch.«

»Sieht gut aus. Schickst du es mir?«

»Klar. Genau wie die anderen.« Lächelnd verschickte sie das Foto an Maja. Die wollte zuhause alle ausdrucken und aufhängen. Sie war in ihrem Element. War sie doch ein Riesenfan aller Superhelden.

»Jetzt habe ich Hunger.«

»Und ich Plattfüße.« Es wäre interessant zu wissen, wie viele Kilometer sie heute zurückgelegt hatten. Gefühlte Tausende. Seit Stunden liefen sie herum und bekamen lange Arme, von den vielen Tüten. Robyn hatte in mehreren Geschäften angemessene Kleidung gekauft. Aber auch die verloren sich garantiert in dem riesigen Kleiderschrank.

»Wir sind vorhin an einem indischen Restaurant vorbei gekommen. Was hältst du davon?«

»Jede Menge.« Robyn war so hungrig, dass sie alles lecker fand, Hauptsache, etwas zu essen. Ganz egal was.

»Dann los.« Maja schnappte sich die Tüten und die Freundinnen liefen dem Mittagessen entgegen.

»Geschafft.« Robyn parkte den Wagen in Masons Einfahrt. Das erste große Abenteuer in der neuen Heimat hatte sie erfolgreich gemeistert. Sie hatten eine Menge Spaß gehabt, viel gesehen und eingekauft.

»Ich bin müde.« Maja gähnte laut.

»Nicht einschlafen. Ich trage dich nicht hinein.« Robyn schüttelte sie leicht.

»Menno.« Maja öffnete die Tür im Zeitlupentempo und schob sich noch langsamer heraus. »Einkaufen ist anstrengend.«

»Dann schleppen wir die Einkäufe rein. Das macht wach.«

»Sklaventreiber.«

Robyn öffnete den Kofferraum und Maja sah fassungslos auf die zahlreichen Tüten.

»Haben wir das alles gekauft?«

»Ja.« Sie drückte Maja mehrere Tüten die Hand. »Das sind deine.«

»Wenigstens sind deine in der Überzahl.«

»Ich habe ja auch eine komplette Garderobe.«

»Na ja. Einen Teil davon. Da geht noch was.«

»Für den Anfang langt es.« Robyn sammelte die Einkäufe ein. Sie war vom Angebot erschlagen gewesen und hatte sich für einige Basics entschieden, die sich gut kombinieren ließen. Eine Verkäuferin hatte ihr zur Seite gestanden und sie war zufrieden mit der Ausbeute.

»Du kannst ja jederzeit aufstocken.«

»Eben.«

In dem Moment fuhr Mason in die Auffahrt und parkte neben dem Rover.

»Ich sehe, ihr seid fündig geworden«, sagte er beim Aussteigen. »Wie hat es euch gefallen?« Er schlug die Wagentür zu.

»Fantastisch. L.A. ist eine tolle Stadt. So lebendig.«

»Der Gegensatz zu unserer Heimatstadt ist wirklich krass«, sagte Robyn. Das ließ sich nicht vergleichen.

»Das stimmt. Ich fühlte mich damals wie erschlagen, als wir hergezogen sind.« Ganz selbstverständlich nahm er Robyn einige Tüten ab.

»Das glaube ich dir gerne. War bestimmt wie ein Kulturschock.« Sie folgten Mason ins Haus.

»So ungefähr.« Er stellte die Tüten ab und drehte sich zu Robyn. »Ich habe mit meinen Eltern gesprochen. Sie haben uns für morgen zum Essen eingeladen.«

»Morgen schon?« Sie hatte gehofft, noch etwas Schonfrist zu haben, aber dann hätte sie es hinter sich. Seine Eltern waren im Gegensatz zu ihren nicht eingeweiht. Im Laufe des Jahres wollte er ihnen die Wahrheit sagen. Sie hofften beide, dass sie es ihnen nicht übel nahmen. Mason belog seine Eltern nicht gerne, aber er sah keinen anderen Weg, da sein Vater nicht mit sich reden ließ. Robyn fühlte sich ebenfalls unwohl, aber sie hatte eingewilligt – da musste sie durch.

»Ja. Ich hoffe, es ist dir recht.«

»Natürlich. Ich freue mich, sie wiederzusehen.«

»Sie sind auch auf dich gespannt. Meine Mutter ist ganz aus dem Häuschen und meinte, eine bessere Wahl hätte ich nicht treffen können. Sie mochten dich immer sehr gerne.«

»Hoffen wir, dass sie mich am Ende auch noch mögen.«

»Das schaffen wir schon.«

Robyn wünschte sich, so zuversichtlich zu sein, wie Mason klang.

16.

»Herein«, rief Robyn, als es klopfte.

»Bist du soweit?«, fragte Mason und musterte Robyn über den Spiegel.

»Nicht wirklich.«

»Du siehst bezaubernd aus.« Bewundernd glitt sein Blick an ihr rauf und runter.

»Danke.« Robyn strich das Kleid glatt. »Bin ich nicht zu aufgedonnert?«

»Genau richtig. Es sieht aus, als wäre es für dich gemacht. Die Farbe betont deine Augen.«

»Danke.« Das smaragdfarbene Kleid hatte sie im Schaufenster gesehen und gewusst, es war ihres. Zu ihren roten Haaren bildete es einen kräftigen Kontrast. Mit so einer Haarfarbe ließ sich nicht alles tragen. Maja beneidete sie um ihre Naturfarbe. Sie sagte immer, sie sah aus wie eine

Elfe, weil sie eine sehr helle Haut hatte, das ließe sie zerbrechlich wirken.

»Kein Grund, verlegen zu sein«, sagte Mason zwinkernd. Galant hielt er ihr den Arm hin. »Darf ich bitten?«

»Gerne.« Sie hängte sich ein und sie machten sich auf den Weg zum Auto.

»Dann auf in die Höhle des Löwen.«

»Du machst mir Mut.«

»So schlimm ist es nicht. Meine Eltern brennen darauf, dich wiederzusehen.« Mason hielt ihr die Beifahrertür auf.

»Ich freue mich auch, aber unter anderen Umständen wäre es mir lieber gewesen.« Seufzend nahm Robyn im Wagen Platz.

»Wird schon schiefgehen.« Mason setzte sich hinters Steuer. Er drückte kurz ihre Hand. »Wir kriegen das hin.«

»Es ist ... ich fühle mich unwohl dabei, sie anzulügen.«

»Ja, geht mir genauso so. Mein Gewissen hat schon angeklopft, aber ich möchte ihnen, eigentlich mehr meinem Vater, beweisen, dass ich die Firma auch als Single leiten kann. Seine Angst, dass ich mich mehr der Frauenwelt, als der Firma widme, ist unbegründet. Da er mir die Chance nicht gibt, bleibt mir nur dieser Weg. Dann muss er es einsehen, dass ich dazu in der Lage bin.«

»Das wird ihn überzeugen.«

»Das ist meine Hoffnung.« Mason startete den Wagen und hielt nur wenige Minuten später vor einem Haus in den Hills.

»Wunderschön«, sagte Robyn beim Aussteigen. »Aber ich habe hier noch kein Haus gesehen, von dem ich nicht beeindruckt war.«

»Ich glaube, das wirst du auch nicht finden. Gehen wir hinein. Ich wette, Mum lauert bereits hinter der Tür, bereit, sie aufzureißen, sobald wir in Sichtweite sind.«

»Ich hoffe, ich bin auch bereit, ihr gegenüberzutreten.« Nervosität machte sich breit. Nun war der Augenblick gekommen. Hoffentlich spielte sie ihre Rolle überzeugend.

»Na, was habe ich gesagt.« Mason zeigte auf seine Mutter, die im Eilschritt auf sie zulief.

»Endlich seid ihr da. Ich freue mich so.« Sie nahm ihren Sohn in den Arm und wandte sich dann lächelnd an Robyn.

»Robyn. Meine Güte. Lass dich ansehen.« Sie griff nach Robyns Händen und lächelte sie so warmherzig an, dass sich Robyns Nervosität schlagartig legte.

»Hallo Ellen. Du hast dich kein bisschen verändert.«

»Und du bist zu einer wunderschönen Frau herangewachsen.« Sie umarmte Robyn.

»Gleich konkurriere ich farbmäßig mit einer Tomate.«

»Sei nicht so bescheiden. Kommt rein. Brian tritt bestimmt schon von einem Fuß auf den anderen, aber er wollte nicht als neugierig gelten, wenn er mit hinauskommt.« Ellen hängte sich bei Robyn ein und zog sie mit ins Haus.

»Hey und ich?« Lachend folgte Mason den Frauen.

»Tun wir einfach, als haben wir ihn nicht gehört«, sagte Ellen mit einem Zwinkern.

»Bin dabei«, antwortete Robyn. Ellen hatte ihr das Ankommen leicht gemacht. Dafür war sie ihr sehr dankbar.

»Ich höre euch.«

»Gut so«, sagte Ellen, ohne sich umzudrehen. »Ich weiß, dass du uns die Zunge herausgestreckt hast.«

»Gib es endlich zu, dass du hinten Augen hast.«

Ellen behielt die Antwort für sich, da Brian in der Tür stand und sie neugierig musterte.

»Bist du wirklich die kleine Robyn, die mit Mason im Sandkasten Kuchen gebacken hat?«

»Natürlich ist sie das. Erkennst du sie nicht? Wir sind weggezogen, da waren die Kinder fünfzehn.«

»Da haben wir garantiert nicht mehr in der Sandkiste gehockt.« Mason schloss die Tür. »Hey Dad.« Er umarmte seinen Vater kurz.

»Na ja. Ich weiß es noch so gut, weil ihr mich mit den fertigen Produkten beworfen habt.«

»Ach was. Da ist deine Erinnerung nur schwammig. Hätten wir nie getan, nicht wahr Robyn?«

»Natürlich nicht.« Entschlossen schüttelte sie den Kopf. Das war ein Empfang, mit dem sie nie gerechnet hätte. Aber Masons Eltern waren immer lustig gewesen. Daran hatte sich im Laufe der Jahre nichts geändert.

»Ich weiß ja nicht.«

»Statt in deinen Kuchenträumen zu schwelgen, solltest du lieber Robyn begrüßen. Sie ist deine zukünftige Schwiegertochter. Du erinnerst dich?«

»Natürlich. Was denkst du denn?« Empört sah Brian seine Frau an. »Lass dich drücken.«

»Wieso das?«, fragte Ellen.

»Du doch nicht. Robyn.« Brian umarmte Robyn. »Willkommen in der Familie. Du glaubst gar nicht, wie froh wir waren, als wir erfuhren, wen Mason heiratet.«

»Das stimmt. Wir haben es zuerst kaum geglaubt und ich weiß nicht, wie oft wir nachgefragt haben, ob es wirklich stimmt«, ergänzte Ellen.

»Setzen wir uns auf die Terrasse und stoßen vor dem Essen auf eure Verlobung an. Der Champagner wartet bereits.« Brian führte sie auf die Terrasse. »Setzt euch. Ich gieße ein.«

Ellen setzte sich neben Robyn. »Wir sind sehr froh, dich zur Schwiegertochter zu haben. Ich habe früher schon gedacht, dass ihr später ein schönes Paar abgegeben hättet. Niemals hätte ich gedacht, dass es sich irgendwann bewahrheitet.«

Ellens Warmherzigkeit traf Robyn mitten ins Herz. Es tat ihr unendlich leid, dass sie Masons Eltern belogen. Das hatten sie nicht verdient. Sie freuten sich so wahnsinnig. Sie vertrieb die trüben Gedanken schnell, bevor man ihr etwas am Gesicht ablesen konnte. »Ich hätte es auch nie für möglich gehalten.«

»Ich glaube, das hat niemand von uns nicht mal im Ansatz geahnt.« Brian verteilte die Gläser.

»Manchmal kommt es anders, als gedacht.« Mason hob sein Glas.

»Zum Glück kann man da nur sagen.« Ellen nahm ihr Glas. »Auf euch und eure Liebe.«

Sie stießen an und Robyn hoffte, sie schaffte es, mit dem Champagner, ihr schlechtes Gewissen, herunterzuspülen.

17.

Schlaflos wälzte Robyn sich im Bett herum. Der Abend mit Masons Eltern war richtig schön gewesen. Es waren liebe Menschen und sie hatten die Lüge nicht verdient. Nun war es zu spät. Sie hatte zugestimmt und den Vertrag unterschrieben. Mason fühlte sich genauso mies. Auf der Heimfahrt hatten sie beschlossen, es ihnen zu beichten, sobald Mason die Firma mit Erfolg leitete. Sie war gespannt, wie lange die Ehe im Endeffekt dauerte.

Robyn war froh, dass es keine kirchliche Hochzeit gab. Sie gaben sich das Jawort auf dem Standesamt im Kreis der Eltern. Danach flogen sie für eine Woche nach Hawaii in die Flitterwochen. Sie hätten darauf verzichtet, aber sie wollten keinen Argwohn wecken. Seine Eltern wunderten sich schon darüber, dass es keine große Feier gab.

Ellen hatte Robyn im Laufe des Abends gefragt, ob es wirklich auch ihr Wunsch war und nicht nur Masons. Sie hatte es mehrfach versichert, dass sie sich darüber einig waren. Ellen hatte genickt, aber nicht überzeugt gewirkt. Hoffentlich kam die Frage nicht erneut auf.

Robyn drehte sich auf die Seite, nur um sich danach auf den Rücken zu wälzen. Entschlossen schlug sie die Decke weg und stand auf. Sie trat ans Fenster und sah auf das nächtliche Lichtermeer der Stadt. Diesen Ausblick liebte sie und wie würde sie ihn vermissen, wenn sie auszog.

Sie schüttelte den Kopf über sich. Kaum einige Tage hier, dachte sie an den Heimflug. Sie wollte die Zeit genießen. Morgen fuhr Mason mit ihnen an den Strand. Sie freute sich, dass er sich freinahm, um etwas mit ihnen zu unternehmen und ihr die neue Heimat zu zeigen.

Hätte ihr das jemand vor einem Jahr prophezeit, hätte sie denjenigen ausgelacht. Sie dachte an den Pakt zurück, den sie vor vielen Jahren besiegelt hatten. Nachdem sie den Zettel in irgendeine Ecke gedrückt hatte, war ihr dieses Abkommen niemals mehr in den Sinn gekommen. Bis zu dem Tag, an dem Mason im Diner stand. Manchmal nahm das Leben seltsame Wendungen.

Robyn sah das Bett an, zögerte aber, sich wieder hineinzulegen. Sie fand eh keinen Schlaf. Also ging sie in die Küche hinunter und setzte Teewasser auf. Sie öffnete den Schrank und studierte das Angebot.

»Pfefferminze, Fenchel ...«

»Ich empfehle Kamille bei Schlaflosigkeit.«

Robyn fuhr ruckartig herum. Sie hatte Mason nicht kommen gehört.

»Sorry. Ich wollte dich nicht erschrecken.« Entschuldigend sah er sie an.

»Schon gut. Ich habe nur nicht damit gerechnet, mitten in der Nacht jemanden in der Küche zu treffen.« Sie nahm die Packung Kamillentee heraus. »Möchtest du auch einen?«

»Sehr gerne.« Mason nahm zwei Tassen vom Regal. »Zucker?«

»Ja bitte. Sonst bekomme ich ihn nicht hinunter.«

»Geht mir genauso.« Mason stellte den Zucker auf den Tisch und Robyn füllte das inzwischen kochende Wasser in die Tassen, die Mason an sich nahm.

»Setzen wir uns auf die Terrasse? Es ist angenehm draußen.«

»Eine gute Idee.« Robyn folgte ihm hinaus und sie machten es sich in den Sesseln gemütlich. Was für ein Leben. Mitten in der Nacht am eigenen Swimmingpool sitzen und auf die Lichter von Los Angeles blicken. Das war etwas, woran man sich gewöhnen konnte.

»Deinem Seufzen nach zu urteilen gefällt es dir«, sagte Mason schmunzelnd.

»Habe ich geseufzt?« Verwundert sah sie ihn an. Das war ihr gar nicht bewusst gewesen.

»Ja und es klang sehr wohlig. So ungefähr.« Mason seufzte.

»Okay, das klingt wirklich sehr entspannt.« Robyn zog eine Grimasse.

»Ich finde es schön, dass du dich schon so gut eingelebt hast. Es ist erst dein dritter Tag.« Mason nippte am Tee.

»Noch nicht trinken. Der muss noch ziehen.«

»Ja, mein holdes Weib.« Grinsend stellte Mason die Tasse auf den Tisch.

»Ich bin nicht dein holdes Weib.« Sie streckte ihm die Zunge heraus.

»Aber bald.«

»Nur auf Zeit.«

»Das stimmt.«

»Was meinst du, wie deine Eltern es aufnehmen, wenn wir ihnen die Wahrheit sagen?« Robyn zog die Füße auf den Sessel.

»Ehrlich?«

»Ja.«

»Ich habe keine Ahnung.« Mason seufzte. »Es war meine allerletzte Lösung. Mein Vater ist da leider sehr stur.«

»Meinst du, deine Mutter sieht es anders?«

»Ja, das denke ich, aber sie hat mit der Firma nichts zu tun und hat sich immer herausgehalten. Sie kümmert sich ums Haus und mein Vater um die Firma.«

»Ich hoffe, er versteht es.«

»Drücken wir uns die Daumen und warten ab. Etwas anderes bleibt uns nicht übrig.«

»Ja leider.«

»Lass uns über etwas Erfreulicheres reden.«

Robyn brannte noch etwas auf der Seele. »Ich wollte mich noch mal bedanken.«

»Wofür?«

»Für das Auto und alles, was ich mit deiner Kreditkarte gekauft habe.«

»Habe ich gerne gemacht. Ich tue alles, um dir das Leben angenehm zu gestalten«, sagte Mason lächelnd.

»Danke. Die Kreditkarte habe ich noch im Portemonnaie. Ich gebe sie dir morgen zurück.«

Mason winkte ab. »Behalt sie. Du wirst noch öfter einkaufen müssen. So musst du nicht jedes Mal fragen.«

»Bist du sicher?«

»Natürlich.«

»Ich möchte aber nicht von dir abhängig sein. Ich suche mir so schnell wie möglich wieder einen Job.«

»Das finde ich gut. Wenn du magst, besorge ich dir eine Stelle in der Firma. Was hältst du davon?«

»Ist in der Kantine denn was frei?«

»In der Kantine? Wie kommst du darauf?«

»Na ja. Ich habe nie etwas anderes getan, als Kellnern.«

»Als meine Frau kannst du nicht in der Kantine arbeiten. Das geht leider nicht. Ich denke, das verstehst du.«

Robyn nickte. Das sah sie ein. Sah etwas merkwürdig aus, wenn die Frau des CEO die Tische im Pausenraum abwischte. »Ja.«

»Ich bin aber sicher, wir finden eine Position für dich.« Mason fischte die Teebeutel aus den Tassen und reichte Robyn den Becher. »Prost. Auf uns.«

»Auf uns.« Sie stießen an und Robyn war gespannt, ob Mason wirklich einen Job für sie fand.

18.

»Guten Morgen Mr. Mason«, begrüßte Martha ihn, als er die Küche betrat.

»Guten Morgen Martha. Sie haben schon das Frühstück gemacht.« Er sah auf die Uhr. »Sind Sie früher als sonst gekommen?«

»Natürlich.« Entrüstet stemmte Martha die Hände in die Hüfte. »Ich möchte Ihrer Verlobten die Eingewöhnung so leicht wie möglich machen. Es ist sehr schwer, wenn man in eine fremde Stadt zieht.«

»Sie sind eine Seele von Mensch. Womit habe ich Sie bloß verdient?«, neckte Mason sie. Er wusste, wovon sie redete. Martha war selbst einst für die Liebe an die Westküste gezogen und hatte sich einsam gefühlt. Er fand es toll von ihr, dass sie Robyn das Ankommen angenehm gestalten wollte.

»Haben Sie nicht.« Martha drohte ihm mit dem Rührlöffel.

»Gibt es Eier mit Speck?« Interessiert trat Mason näher.

»Ja, aber erst wenn alle am Tisch sitzen.« Sie schlug ihm auf die Finger, da er sich eine Scheibe Speck vom Teller klauen wollte.

»Aua.« Mason rieb sich die Hand.

»Das kommt davon.« Martha zeigte zur Tür. »Raus!«

»Bin schon weg.« Mason verzog sich ins Büro. Er hatte sich zwar die nächsten Tage Urlaub genommen, um Robyn und Maja Los Angeles zu zeigen, aber Arbeit gab es immer. Deshalb nutzte er die Zeit, bis die Frauen aufstanden, um Papierkram zu erledigen.

Er konnte kaum glauben, dass Robyn dem Arrangement zugestimmt hatte.

Als sein Vater ihm eröffnet hatte, dass er die Firma verkaufte, wenn er nicht heiratete, war er wie vor den Kopf geschlagen. Zwar hatte sein Vater in der Vergangenheit immer mal erwähnt, er solle endlich an Heirat denken – aber das hatte er nicht so ernst genommen. Alle Eltern wünschten sich, dass ihre Kinder einen Partner fanden, und warteten dann auf Enkelkinder.

Nach dieser Ankündigung war er in Panik verfallen. Er wollte die Firma übernehmen und empfand die Forderung schon fast als Erpressung. Zu dem Zeitpunkt war er Single gewesen und wo sollte er so schnell eine Ehefrau hernehmen? Das war schließlich nichts, was man übers Knie brach.

Nach einigen schlaflosen Nächten war ihm Robyn eingefallen und das Versprechen von damals. Er wusste, es war eine verrückte Idee, Robyn nach all den Jahren damit zu konfrontieren, aber er war verzweifelt genug gewesen, um es zu versuchen. Als sie dann tatsächlich einverstanden war, konnte er sein Glück nicht fassen.

Robyn war früher seine beste Freundin gewesen und er wusste noch, wie schlimm er es gefunden hatte, wegzuziehen. Leider war der Kontakt mit der Zeit abgebrochen. Umso mehr Bammel hatte er vor dem Wiedersehen. Wie nahm sie es auf? Freute sie sich, ihn wieder zu sehen? War es nicht zu unverschämt, nach all den Jahren mit so einer Forderung zu kommen? Jagte sie ihn zum Teufel? Er hätte es ihr nicht verübelt.

All diese Fragen gingen ihm durch den Kopf und als sie dann vor ihm stand, hatte es ihm die Sprache verschlagen. Robyn war noch hübscher, als er sie in Erinnerung hatte. Eine wunderschöne Frau mit dem tollsten Lächeln, das er kannte. Sie war eine Frau, die auffiel. Ihm war es unbegreiflich, dass sie Single war. Für ihn war das ein Glücksfall. Das vorangegangene Telefonat mit ihrer Mutter hatte er mit Herzklopfen begonnen. Was, wenn sie ihm erzählte, Robyn war verheiratet oder zumindest liiert? Im war ein Stein vom Herzen gefallen. Zwar hieß das nichts, aber er konnte einen Versuch starten.

Nun waren sie verlobt und heirateten bald. Sie wohnte bei ihm und die alte Vertrautheit hatte sich schlagartig wieder eingestellt. Es war ein schönes Gefühl. Sie würden während ihrer Ehe viel Spaß haben, da war er sich sicher.

»Mr. Mason!« Martha streckte den Kopf zur Tür herein.

Er zuckte zusammen. »Ja?«

»Das Frühstück ist fertig. Ich habe schon dreimal gerufen. Sitzen Sie auf Ihren Ohren?« Ein missbilligender Blick traf ihn.

»Entschuldigung. Ich komme.« Er war so in Gedanken versunken, dass er die Rufe nicht gehört hatte.

»Beeilen Sie sich. Die jungen Damen bedienen sich bereits am Speck.«

»Was?« Mason schoss vom Stuhl hoch. »Sie sollen mir was übrig lassen.«

»Ich sage ja. Beeilen Sie sich.« Martha ging in die Küche und Mason folgte ihr im Laufschritt.

***

»Ist das herrlich.« Maja setzte sich in den warmen Sand, den sie durch die Finger rieseln ließ.

»Das stimmt. Es ist toll.« Robyn hockte sich neben sie und sah aufs Meer hinaus. »Daran kann man sich gewöhnen.«

»Du hast jederzeit die Möglichkeit herzufahren.« Mason ließ sich neben Robyn nieder. Es machte ihn glücklich, dass es ihr so gut gefiel. Er selbst liebte das Meer und kam gerne an die Promenade. Es war eine tolle Möglichkeit, zu entspannen und den Alltag hinter sich zu lassen.

»Du fährst doch gerne Rollschuh. Hier hast du ausgiebig Gelegenheit dazu«, sagte Maja, die die Augen gegen die Sonne abschirmte.

»Sie hat recht. Es macht Spaß, die Promenade entlang zu rollern.« Masons Rollschuhe staubten in der Garage vor sich hin. Alleine brachte das nicht halb so viel Spaß.

»Die habe ich bei meinen Eltern untergebracht. Der Gedanke ist mir nicht gekommen.« Robyn schlug sich mit der Hand vor die Stirn.

»Wir kaufen dir Neue. Die Auswahl ist riesig.«

»Du kannst mir doch nicht ständig was kaufen.« Robyn sah verlegen aus. »Ich bezahle sie selbst.«

Er verstand, dass es ihr unangenehm war und hoffte, das legte sich mit der Zeit. »Einverstanden.«

»Dann sind wir uns einig.«

»Wann sucht ihr die aus?« Maja sah sie an.

»Keine Ahnung.« Robyn zuckte die Schultern.

»Wenn ihr jetzt Lust habt, ich kenne einen Laden, der gerade Angebote hat

»Was sagst du?«, fragte Maja mit Blick auf Robyn.

»Ich habe nichts dagegen.«

»Dann mal los.« Unternehmungslustig sprang Maja auf.

»Ich denke, es ist entschieden.« Mason stand auf und hielt Robyn die Hand hin, die ohne zu zögern, danach griff.

Mason zog sie etwas zu schwungvoll hoch und sie landete in seinen Armen. »So stürmisch heute?«, fragte er grinsend. Es fühlte sich gut an, Robyn im Arm zu halten.

»Muss am Rückenwind liegen.« Grinsend löste Robyn sich von ihm.

»Los ihr Turteltäubchen«, trieb Maja sie an.

»Darf ich die Damen bitten?« Mason hielt beiden einen Arm hin und die Freundinnen hängten sich ein. Mason fand, es war ein guter Start.

19.

»Ich wünschte, ich könnte länger bleiben.« Betrübt sah Maja sich im Zimmer um, ob sie nichts vergessen hatte.

»Ich auch. Es war so eine tolle Zeit.« Robyn brachte Maja gleich zum Flughafen. Ihr Urlaub war vorbei, was beide bedauerten. Robyn war Maja sehr dankbar, dass sie ihr die ersten Tage beigestanden hatte. Nun sahen sie sich über einen längeren Zeitraum nicht mehr. Für sie begann der Alltag und die Hochzeit stand bevor. Obwohl das mehr eine Formalität war. Zum Standesamt, heiraten, essen mit den Eltern und das war es dann. Ein wenig betrübt sah sie dem entgegen. Ihre Hochzeit hatte sie sich anders vorgestellt. Deshalb rief sie sich immer wieder ins Gedächtnis, dass es eine geschäftliche Vereinbarung war.

»Dann bringen wir es hinter uns. Ich habe alles.«

Nickend nahm Robyn eins von Majas Gepäckstücken. Den Weg zum Auto legten sie schweigend zurück. Jede hing ihren Gedanken nach.

Maja ließ Robyn nur ungern zurück, in ihrem neuen Leben. Gerne wäre sie länger geblieben, aber ihre Urlaubstage waren aufgebraucht. »Vergiss nicht, mir aus den Flitterwochen zu schreiben.« Maja hievte den Koffer in den Wagen.

»Natürlich nicht.«

»Freust du dich? Also ich meine, so richtig, wie man sich auf Urlaub normal freut?«

Robyn öffnete die Fahrertür. »Ich weiß nicht. Freuen ja, aber anders – das lässt sich schlecht erklären.« Sie wusste nicht, wie es wurde. Sie verstand sich gut mit Mason, aber wie war es, wenn sie den ganzen Tag aufeinander hockten? Gingen sie sich auf die Nerven? Sie hoffte es nicht, aber die Frage beschäftigte sie und einige andere Sachen.

»Ich weiß, was du meinst. Alles merkwürdig, oder?«

»Ja, aber ich denke, daran gewöhne ich mich.«

»Du schaffst das. Da bin ich zuversichtlich.« Maja warf den Kofferraumdeckel schwungvoll zu.

»Beeilen wir uns. Sonst fliegt die Maschine ohne dich«, sagte Robyn mit Blick auf die Uhr. Vor lauter Quatschen lief ihnen die Zeit davon.

»Das wäre ungünstig. Morgen habe ich die Frühschicht.« Maja stieg ein und Robyn setzte sich hinters Steuer, um Richtung Flughafen zu starten.

***

Etwas wehmütig betrat Robyn später das Haus und ohne Maja kam es ihr viel leerer vor. Am liebsten wäre sie vorhin mit ins Flugzeug gestiegen. Sie fühlte sich im Moment noch, als befände sie sich im Urlaub. Nur einer ohne Rückkehr, zumindest nicht in näherer Zeit. Was tat sie jetzt? Den Haushalt schmiss Martha bis auf einige Kleinigkeiten alleine. Für sie blieb nicht viel.

»Ist Miss Maja auf dem Heimweg?« Martha kam aus der Küche und bedeutete Robyn, ihr zu folgen.

»Ja, sie ist in der Luft.«

»Setzen Sie sich. Ich habe Zimtschnecken gebacken.« Martha drückte Robyn entschlossen auf einen Stuhl, da die keine Anstalten machte, sich zu setzen. »Schon besser.« Martha stellte ihr einen Teller mit köstlich duftenden Zimtschnecken hin und Robyn lief das Wasser im Mund zusammen.

»Danke.« Sie griff nach einer Schnecke, biss hinein und genoss den süßen Geschmack. Ihre Mutter hatte die früher immer gebacken. Das hatte sie Martha vor zwei Tagen beiläufig erzählt. Sie war wirklich ein Goldschatz, hatte sie sich das gemerkt. »Sie sind köstlich.«

»Ich wollte Sie ein wenig verwöhnen, jetzt, da Ihre Freundin nach Hause ist. Heimweh tut weh. Das ist nie schön. Ich kenne das.« Martha stellte ihr zu den Schnecken eine große Tasse Kakao mit Sahne hin, auf der Marshmallows in verschiedenen Farben lagen.

»Sie sind so lieb. Ich weiß gar nicht, wie ich Ihnen danken soll.« Robyn war von so viel Fürsorge gerührt. Durch Martha fühlte sie sich nicht ganz so verloren, wenn Mason arbeitete.

»Ich habe mich damals, als ich hergezogen bin, sehr einsam gefühlt. Das sollte niemand erleben. Wenn Sie reden möchten, ich bin jederzeit für Sie da.« Martha tätschelte ihr liebevoll die Schulter.

»Ich habe gleich eine Frage. Setzen Sie sich zu mir?« Robyn zeigte auf einen der Stühle.

»Gerne.« Martha setzte sich mit Zimtschnecke und Kakao an den Tisch. »Was haben Sie auf dem Herzen?« Mit einem liebevollen Mutterblick sah sie Robyn an.

»Wie ist Mason so? Ich habe ihn fast fünfzehn Jahre nicht gesehen. Er ist noch fast derselbe vom Wesen her, wie damals, aber Menschen verändern sich. Und ich habe eine Frage, die mich beschäftigt.« Robyn schloss beide Hände um die Tasse, um zu verbergen, dass sie leicht zitterten. Sie hatte lange überlegt, ob sie Martha danach fragte, aber sie brauchte Gewissheit.

»Mr. Mason ist ein sehr netter Mensch. Ich arbeite schon viele Jahre für ihn. Ich kann mir keinen besseren Chef vorstellen.«

»Das ist schön.« Nichts anderes hatte Robyn erwartet, aber wie reagierte Martha auf die nächste Frage? Hoffentlich empfand sie die nicht als zu aufdringlich. »Martha?«

»Ja?«

»Ich habe eine Frage zu Mason. Er soll ein Frauenheld sein. Zumindest in der Vergangenheit. Ist da was dran? Oder übertreibt sein Vater?« Verlegen sah Robyn sie an. Die Frage war ihr unangenehm, aber ohne Antwort, schwirrte sie ihr ewig im Kopf herum.

Martha trank einen Schluck Kakao. »Ich mag die Marshmallows, wenn sie auf der Zunge schmelzen.« Sie stellte die Tasse ab, ihr Gesichtsausdruck war nachdenklich.

»Ich wollte Sie nicht in Verlegenheit bringen. Vergessen Sie die Frage einfach.« Hätte sie besser ihre Klappe gehalten.

»Nein. Alles gut.« Martha legte ihr eine Hand auf den Arm. »Bleiben Sie sitzen.«

Robyn, die schon im Begriff war, aufzustehen, sank langsam auf den Stuhl zurück. Abwartend sah sie Martha an, die den Kopf hin und her wiegte.

»Lassen Sie es mich so sagen. Mr. Mason hatte verschiedene Freundinnen, aber ich glaube, es lag daran, dass nie die Richtige dabei war. Als Frauenheld würde ich ihn nicht bezeichnen. Er war immer auf der Suche nach der großen Liebe. Gefunden hat er sie nie. Die Frauen waren meistens nur auf sein Geld aus. Es ist sehr schwierig, wenn man so vermögend ist, jemanden zu finden, von dem man weiß, er liebt einen um seiner selbst Willen.«

Robyn fühlte sich erleichtert. Irgendwie passte die Rolle des Frauenhelden nicht zu Mason. »Hat sein Vater etwas übertrieben?«

»Ja. Er hat das ja nicht so mitbekommen. Ich halte Mr. Mason nicht für einen Frauenhelden.« Martha biss von der Zimtschnecke ab.

»Danke Martha, dass Sie mir das anvertraut haben.«

»Er ist sehr besorgt darum, dass Sie sich hier wohlfühlen.«

»Das weiß ich.« Lächelnd trank Robyn vom Kakao. Ihr war ein großer Stein vom Herzen gefallen.

20.

»Guten Morgen. Hast du gut geschlafen?«, fragte Mason, dabei sah er mit einem Auge in die Zeitung und verschüttete fast den Kaffee, den er gleichzeitig zu trinken versuchte.

»Ja, wie ein Stein und du?«

»Ich auch.«

»Setzen Sie sich«, sagte Martha, die am Herd stand und in einer Pfanne rührte. »Es gibt Eier mit Speck.«

Robyn kam der Aufforderung gerne nach. Ihr lief das Wasser im Mund zusammen. »Es riecht köstlich.«

»So schmeckt es auch.« Mason legte die Zeitung weg. »Bist du aufgeregt?«

»Ja, ein wenig. Nein, vergiss, was ich gesagt habe. Ich bin schrecklich nervös.« Sie wunderte sich, dass sie so gut geschlafen hatte. Heute war ihr erster Arbeitstag. Mason hatte ihr einen Job in der Firma besorgt, nur wusste sie nicht, welchen. Das war eine Überraschung. Zwar hatte sie sich den Kopf darüber zerbrochen, war aber zu keinem Ergebnis gekommen und aus Mason war nichts herauszukriegen.

»Das ist normal, aber du hast keinen Grund dazu.«

»Na ja. Ich fange eine neue Stelle an und habe keinen blassen Schimmer, um welche Tätigkeit es sich handelt.«

»Eine, die deinen Fähigkeiten entspricht.«

»Also doch die Kantine.« Robyn grinste.

»Nein, du wirst meine persönliche Kaffeesklavin.«

»Du bist doof.« Robyn trat ihm unter dem Tisch vors Schienbein.

»Aua. Martha. Robyn hat mich getreten.«

»Petze«, sagten die Frauen gleichzeitig.

»Ich sehe, ich stehe auf einsamen Posten. Ich armer Mann.« Mason leerte die Tasse und sah auf die Uhr. »In einigen Minuten müssen wir los.«

»Ich esse schnell, dann können wir los.«

»Schlingen ist nicht gut. Das gibt Magenschmerzen.« Martha füllte Robyns Teller mit Eiern und Speck.

»Danke Martha.«

»Lassen Sie es sich schmecken.«

»Ich hole noch einige Unterlagen. Treffen wir uns gleich am Wagen?«, fragte Mason.

»Klar. Geh ruhig.«

»Iss in Ruhe.« Mason verließ die Küche und Robyn machte sich über ihr Frühstück her.

***

»Wir sind da.« Mason stellte den Wagen auf seinem persönlichen Parkplatz ab und stieg aus.

»Sehr beeindruckend«, sagte Robyn. Sie nahm das imposante Gebäude in Augenschein. Es stand den anderen Firmen im Valley in nichts nach. Sie hatte zwar Berichte übers Valley gesehen, aber selbst hier zu sein und es zu erleben, war etwas anderes. Während der Fahrt hatte sie versucht, Mason auszufragen, aber der hatte nur lachend abgewunken und auf die Überraschung verwiesen.

»Das hier«, Mason zeigte auf den leeren Parkplatz neben seinem Wagen, »ist deiner.«

»Was meinst du?«

»Es ist dein Parkplatz.« Mason zeigte auf das Schild, auf dem ihr Name stand.

»Ich habe einen eigenen Parkplatz?«

»Natürlich. Der dort vorne ist von meinem Vater.«

»Danke. Damit habe ich nicht gerechnet.«

»Lass uns hineingehen. Dort erlebst du noch mehr Dinge, mit denen du garantiert nicht gerechnet hast.«

»Das glaube ich dir sofort.« Robyn folgte Mason hinein, wo sie vom Empfangschef begrüßt wurden.

»Guten Morgen Mr. Stone.«

»Guten Morgen Frank. Darf ich Ihnen meine Verlobte, Robyn Taylor, vorstellen? Sie arbeitet jetzt in der Firma mit.«

»Freut mich sehr, Miss Taylor.«

»Ganz meinerseits Frank.«

»Ich wünsche Ihnen einen angenehmen ersten Tag.«

»Vielen Dank. Ich bin sicher, den werde ich haben.«

»Fahren wir hinauf.«

Sie betraten den Fahrstuhl, den sie in der achten Etage verließen.

»Entwicklungsabteilung?« Robyn zeigte auf das Schild.

»Ja, genau.«

»Du weißt schon, dass ich nicht programmieren kann?« Was sollte sie hier tun?

»Das ist auch nicht dein Job. Komm mit.« Mit einem geheimnisvollen Lächeln öffnete er eine Tür, an der ihr Name stand. »Nach dir.«

Zaghaft betrat Robyn das Zimmer und blieb wie angewurzelt stehen. Mit offenem Mund sah sie sich um. Damit hatte sie in der Tat nicht gerechnet.

»Gefällt es dir?«, fragte Mason leise.

»Ja. Ich weiß gar nicht, was ich sagen soll.« Robyn drehte sich einmal im Kreis, um alles in sich aufzusaugen.

»Ist die Überraschung gelungen?«

»Mehr als das. Es ist toll. Es ist das, wovon ich früher oft gesprochen habe. Dass du dich daran erinnert hast.« Schnell wischte sie eine Träne von der Wange. Mason war großartig. Er tat wirklich alles, um ihr das Leben angenehm zu machen.

»Wir waren immer Zocker und wie oft haben wir davon geredet, Spieletester zu sein und es uns in unseren Träumen ausgemalt.«

»Das war unser Ziel. Du bist dem ein großes Stück nähergekommen. Ihr entwickelt Spiele.«

»Und du bist ab sofort einer unserer Tester.«

Robyn sah sich im Raum um. Er war mit Postern zu verschiedenen Spielen dekoriert plus zwei PCs mit mehreren Bildschirmen. Dazu eine gemütliche Sitzecke, die zum Diskutieren einlud. Es war wie ein Traum. Sie drehte sich zu Mason. »Danke«, sagte sie leise.

Mason nahm sie kurz in den Arm. »Das ist das Mindeste.«

»Sag mal, haben alle Tester ein eigenes Büro?« Sie wollte keine Sonderbehandlung.

»Die meisten. Es gibt auch Doppelbüros und am Ende ist ein Gemeinschaftsraum zum Zocken. Du spielst ja nicht nur, sondern schreibst auch Berichte über die Spiele, gibst Tipps und steuerst Ideen bei.«

»Ich finde das großartig.«

»Das habe ich gehofft.«

Robyn trat hinter den Schreibtisch und setzte sich.

»Jetzt gefällt mir der Tisch gleich besser.« Mason zwinkerte ihr zu.

»Schmeichler.«

»Nur die Wahrheit.«

»Werde ich eingearbeitet?«

»Natürlich. Ich stelle dir gleich Larry vor. Er zeigt dir alles und ist dein Ansprechpartner für deine Fragen. Löcher ihn ruhig.«

»Das werde ich.« Robyn trat ans Fenster. Der Ausblick gefiel ihr. Ja, hier fühlte sie sich wohl und die Stelle war ihr Traumberuf als Jugendliche gewesen. Auch heute zockte sie noch gerne. Jetzt bekam sie es bezahlt. Wie viel Glück konnte ein Mensch haben?

»Kommst du? Ich wette, Larry sitzt schon auf heißen Kohlen.«

»Klar.« Robyn folgte Mason einige Büros weiter und sie freute sich auf die neue Herausforderung.

21.

Larry sah auf die Uhr. »Was hältst du von Mittagessen?«

»Eine gute Idee. Mir schwirrt von den vielen Eindrücken der Kopf.« Robyn war erstaunt, in welchem Tempo die Zeit verstrichen war. Larry hatte sie den anderen Kollegen vorgestellt, die alle nett, aber auch zurückhaltend waren. Kein Wunder, schließlich fiel man der Verlobten des Chefs nicht vor Freude um den Hals. Sie hoffte, das legte sich mit der Zeit.

»Über deinem Kopf sehe ich ein Rauchwölkchen«, sagte Larry grinsend.

»Das glaube ich gerne.« Sie hatte Larry sofort ins Herz geschlossen. Er war nicht nur der Leiter der Entwicklungsabteilung, sondern ebenfalls ein guter Freund von Mason. Ein toller Mensch mit viel Einfühlungsvermögen. Sie kam sicher gut mit ihm zurecht.

»Gehen wir in die Kantine.«

»Wie ist das Essen da?«

»Fantastisch. Es wird frisch gekocht. Besser, als in manchem Restaurant. Das ist der Vorteil einer Firma im Valley. Die tun viel für ihre Mitarbeiter.«

Davon hatte Robyn schon gehört. Nun konnte sie sich selbst davon überzeugen. Manche Bereiche wirkten eher wie eine Wellness Oase und hatten wenig mit einem Konzern zu tun. Aber das Konzept ging auf. Die Angestellten arbeiteten gerne hier, was sie gut verstand. Es war ein Ort, an dem man sich wohlfühlte.

»Das hört sich gut an. Mir läuft schon das Wasser im Mund zusammen.« Robyn leckte sich über die Lippen.

»Dann stürmen wir die Kantine. Dein Liebster wird auch da sein«, sagte Larry mit einem Zwinkern.

»Er isst dort auch?«

»Ja, genau wie sein Vater und der Vorstand. Hier sind die Hierarchien sehr flach. Es herrscht ein familiäres Klima. Das schätzen die Mitarbeiter.«

»Das ist echt toll. So etwas kenne ich nicht.« Sie betraten den Fahrstuhl, der sie in die erste Etage brachte.

»Ich möchte nirgends anderswo arbeiten. Ich komme jeden Tag gerne hierher.«

»Verständlich.« Robyn folgte Larry aus dem Lift und sie betraten die Kantine, die den Namen Restaurant verdiente. Das Außergewöhnliche war, dass alles kostenlos angeboten wurde. Sie war rund um die Uhr geöffnet und wer in der Nachtschicht Hunger auf frische Pasta bekam, konnte sich damit den Bauch vollschlagen.

»Da ist Mason.« Larry zeigte zum Fenster.

»Ich gehe kurz zu ihm. Hol dir ruhig schon etwas.«

»Bis gleich.«

Je näher Robyn dem Tisch kam, umso schneller wurde ihr Herzschlag. Wieso, das wusste sie selbst nicht. Es war nur Mason. »Guten Appetit.« Sie nahm ihm gegenüber Platz.

»Danke. Hat Larry dir ein Ohr abgekaut?« Mason wickelte die Spaghetti um die Gabel.

»Eins? Beide. Mir schwirrt der Kopf.«

»Lass dir Zeit. Du hast reichlich Gelegenheit, dich einzuarbeiten.«

»Das weiß ich, aber es macht so viel Spaß. Am liebsten würde ich alles auf einmal in mich einsaugen.«

»Ich wusste, das ist die perfekte Stelle für dich.«

»Ja, das ist sie. Vielen Dank dafür.« Robyn stand auf. »Ich hole mir etwas zu essen, sonst falle ich gleich über deinen Teller her.« Gut gelaunt lief Robyn zur Theke, um das Angebot in Augenschein zu nehmen.

»Ich bin pappsatt.« Robyn schob den geleerten Teller ein Stück von sich weg.

»Platzt du gleich?« Mason rückte ein Stück vom Tisch ab.

»Ich lache später.« Robyn zog eine Grimasse. Das Essen war ausgezeichnet. Nun wusste sie, wieso es hier einen Fitnessraum und eine Sporthalle gab – um die angefutterten Kalorien wieder loszuwerden.

»Gehst du dafür in den Keller?«

»Nein. Ich grabe mich bis zum Erdkern vor, aber dann lache ich, dass man es bis nach China hört.« Robyn sah ihn völlig ernst an.

»Ihr habt euch echt gesucht und gefunden«, platzte Larry lachend hervor. Er nahm die Brille ab, um sich über die Augen zu wischen. »Schon mal daran gedacht, als Komikerpaar aufzutreten? Ich sage euch, ihr hättet Erfolg.« Er setzte die Brille auf, nur um sie erneut abzunehmen. »Hat einer ein Brillenputztuch dabei?«

»Im Auto. Für meine Sonnenbrille.«

»Zu weit weg.«

»Du sagst es. Er steht zuhause in der Garage.«

»Bist du zu Fuß gekommen?« Larry legte den Kopf schief.

»Ich habe sie mitgenommen«, sagte Mason. »Denken ist nicht deine Stärke, oder?« Er lehnte sich grinsend im Stuhl zurück.

»Wieso sind wir noch mal befreundet?«

»Weil ich dir einen tollen Job gegeben habe?«

»Okay. Du gewinnst.«

Robyn lauschte dem Schlagabtausch der Männer. Man spürte die tiefe Freundschaft zwischen ihnen. Mason hatte ihr erzählt, dass er Larry, kurz nachdem er hergezogen war, kennengelernt hatte. Seitdem waren sie beste Freunde. Nach dem Studium hatte er ihn dann in die Firma geholt. Sie unternahmen oft was zusammen. Robyn freute sich darauf, Larrys Frau kennenzulernen. Vielleicht entwickelte sich daraus ebenfalls eine Freundschaft. Eine Freundin brauchte sie dringend. Sie fühlte sich ein wenig verloren, seit Maja abgereist war. Mason bemühte sich nach Kräften, aber eine Freundin schaffte er nicht, zu ersetzen.

»Ich muss los. Ich habe gleich ein Meeting.« Mason nahm das Tablett und stand auf. »Wir sehen uns später.«

»Bis nachher.« Robyn spürte Masons kurzes Zögern und die leicht abgehackte Bewegung in ihre Richtung. Sie interpretierte es so, dass er sie küssen wollte, es sich im letzten Moment aber anders überlegte. Sie hatte gar nichts dagegen, wenn Mason sie küsste. Wie sich wohl seine Lippen anfühlten? Waren sie so weich, wie sie aussahen? In Gedanken sah sie ihn näher kommen.

»Hey Robyn. Nicht schlafen.« Larry stupste sie an.

»Was ist?«

»Dir fielen gerade die Augen zu, aber es gibt jetzt kein Nickerchen. Wir müssen zurück. Die Arbeit ruft.« Lachend schnappte er sich das Tablett.

Peinlich berührt folgte Robyn ihm. Mason war inzwischen längst weg und hatte sie tatsächlich die Augen geschlossen? Ihre Gedanken machten eindeutig zu viele Überstunden. Und wieso stellte sie sich das eigentlich vor? Energisch schüttelte sie den Kopf. Solche Gedanken sollte sie gar nicht zulassen. Entschlossen stellte sie das Tablett weg, um sich mit voller Kraft in die Arbeit zu stürzen.

22.

»Sieh mal, wie gefällt dir dieses Kleid? Ich finde es bezaubernd.« Ellen winkte Robyn zu sich und zeigte auf die Schaufensterpuppe.

»Es ist wunderschön.« Robyn war mit ihrer zukünftigen Schwiegermutter auf Kleidsuche. Geplant war das nicht. Sie wollte etwas aus ihrer neuen Garderobe anziehen, aber Ellen hatte das nicht gelten lassen. Wenn sie schon auf eine große Hochzeit verzichteten, sollte wenigstens das Kleid etwas Besonderes sein. Ellen bedauerte, dass sie nicht kirchlich heirateten. Robyn dagegen war froh, dass ihr das erspart blieb. Ob sie das durchgestanden hätte? Es war schwer genug und das Lügengerüst groß. Man musste es nicht auf die Spitze treiben.

Auf den Kleiderkauf hätte Robyn gerne verzichtet, weil sie es als unnötig empfand, aber Ellen war hartnäckig und so hatte sie schlussendlich zugestimmt. Das Kleid, das Ellen anvisierte, traf ihren Geschmack und es ließ sich später noch zu anderen Anlässen tragen.

»Dann ab mit dir in die Kabine.« Ellen winkte eine Verkäuferin zu ihnen, die Robyn zu den Umkleidekabinen führte.

»Wenn Sie Hilfe benötigen, lassen Sie es mich wissen.« Lächelnd hängte sie das Kleid in die großzügig geschnittene Kabine.

»Vielen Dank.«

Die Verkäuferin zog den Vorhang zu und Robyn hörte, dass sie Ellen einen Kaffee anbot, während sie wartete.

»Ein Kaffee wäre wunderbar. Robyn, möchtest du auch ein Tässchen?«

»Ja gerne.« Robyn schälte sich aus ihren Sachen und schlüpfte in das Kleid, in dem sie sich vor dem Spiegel drehte. Es saß wie angegossen. Sie trat aus der Kabine.

»Du siehst bezaubernd aus.« Ellen sah sie bewundernd an. »Dreh dich einmal bitte.«

Robyn kam der Aufforderung nach.

»Es sitzt perfekt.«

»Da bin ich ganz Ihrer Meinung.« Die Verkäuferin stellte die Tassen ab. »Darf ich?«, fragte sie Robyn.

»Nur zu.«

Sie zog hier und da, rückte noch etwas an dem Kleid herum und nickte zufrieden. »Wir müssen nichts ändern. Besser geht es nicht«, stellte sie lächelnd fest.

»Nimmst du es oder schauen wir uns noch anderweitig um?« Ellen gab Milch in den Kaffee und nippte daran.

»Ich nehme es.« Robyn war froh, dass der Kleiderkauf so schnell erledigt war.

»Eine gute Wahl«, stimmte Ellen zu. »Ich würde es nicht anders machen.«

»Ich ziehe mich eben um.«

»Soll ich Ihnen helfen?«, fragte die Verkäuferin.

»Danke, nicht nötig. Das schaffe ich alleine.« Robyn schloss den Vorhang, zog sich um und trat kurz darauf aus der Kabine.

»Möchten Sie noch weiter schauen? Dann lege ich das Kleid für Sie an die Kasse.«

»Ich benötige noch einige Dinge. Das wäre lieb von Ihnen«, sagte Ellen.

»Sehr gerne. Trinken Sie in Ruhe den Kaffee. Es besteht keine Eile.«

»Vielen Dank.«

»Sehr gerne.« Die Verkäuferin entfernte sich und Ellen stellte seufzend die Tasse weg.

»Trink den bloß nicht.«

»Wieso?«

»Schmeckt wie Spülbrühe.« Ellen verzog das Gesicht.

»So gut also?« Robyn konnte sich ein Grinsen nicht verkneifen. Sie mochte Ellen schon damals. Immer stand die Tür für sie offen. Sie war mehr wie eine Tante oder zweite Mutter gewesen, statt wie eine Nachbarin. Nun war sie bald ihre Schwiegermutter. Ein merkwürdiges Gefühl.

»Shoppen wir noch etwas und trinken später einen richtigen Kaffee.« Ellen hakte sich bei Robyn unter und zog sie mit sich.

»Was brauchst du noch?«

»Ein paar Oberteile und vielleicht eine Hose. Nichts Wildes. Ich habe gehofft, du hilfst mir beim Aussuchen.«

»Gerne.« Robyn shoppte gerne, auch wenn es meistens nur beim Anschauen blieb, da zum Kaufen das Geld fehlte. Das machte ihr aber nichts aus.

»Dann entern wir mal die Abteilungen.« Ellens Augen funkelten und Robyn ließ sich von der guten Laune anstecken.

In den nächsten zwei Stunden wühlten sie sich durch unzählige Kleidungsstücke und als sie mit Ellens Ausbeute an der Kasse standen, stellten sie erstaunt fest, dass es Zeit fürs Mittagessen war.

»Deshalb hat mein Magen so aufdringlich geknurrt.« Ellen nahm das Portemonnaie heraus.

»Fast zwei Uhr.«

»Ein Stück die Straße rauf ist ein fantastisches chinesisches Restaurant. Du magst hoffentlich Chinesisch?«

»Ich liebe es.« Die Zeit war geflogen. Sie hatten viel gelacht und Spaß gehabt, beim Aussuchen.

»Sehr gut.«

»Das ist für Sie?«, fragte die Kassiererin?

»Ja und das Kleid, was dort rechts hängt, ebenfalls.«

»Nein, das ist für mich.«

Die Verkäuferin verharrte in der Bewegung und sah die Frauen abwartend an.

»Ich bezahle es. Packen Sie es dazu.«

»Gerne.« Die Verkäuferin scannte die Einkäufe.

»Aber ...«

»Ich möchte es dir schenken«, fiel Ellen ihr ins Wort. »Wir hätten gerne die Hochzeit ausgerichtet, da die wegfällt, möchte ich dir wenigstens das Kleid schenken. Wenn es für dich in Ordnung ist.« Bittend sah Ellen sie an.

»Ja, das ist okay. Ich verstehe das.« Robyn hatte volles Verständnis dafür. Die Freude wollte sie ihr nicht nehmen.

»Danke«, sagte Ellen leise.

Die Verkäuferin nannte den Endbetrag und Ellen gab ihr die Kreditkarte.

»Vielen Dank für den Einkauf.« Eine andere Dame reichte ihnen die Tüten an.

»Wir danken ebenfalls«, sagte Robyn.

»Bringen wir die Einkäufe zum Wagen?«, fragte Ellen, als sie vor dem Laden standen.

»Eine gute Idee. Dann müssen wir nicht alles mitschleppen.« Sie hatten nicht weit vom Geschäft geparkt.

»Kann ich dir etwas anvertrauen?«, fragte Ellen, auf dem Weg zum Auto.

»Ja, sicher.«

»Als Mason uns eröffnet hat, dass er verlobt ist, waren wir skeptisch.«

»Wieso das?«

»Mason hat immer gesagt, dass eine Ehe für ihn nicht infrage kommt. Er möchte weder Frau noch Kinder, sondern sein Leben selbstbestimmt gestalten. Ohne die Fesseln einer Ehe.«

»Das hat er gesagt?« Damit hätte Robyn nicht gerechnet.

»Ja. Als wir dann erfuhren, dass es sich bei der Verlobten um dich handelt – da wussten wir, er meint es ernst. Niemals hätte ich gedacht, dass Brians Plan aufgeht. Ich habe ihn für verrückt erklärt, aber das hat ihn tatsächlich geerdet. Wir freuen uns so sehr, dass du bald unsere Schwiegertochter bist.«

»Ich freue mich auch.« Robyn hoffte, dass ihr Lächeln echt genug wirkte. Zum Glück kam der Wagen in Sichtweite und Ellen wechselte das Thema. Trotzdem beschäftigen Ellens Worte Robyn noch eine ganze Weile.

23.

Robyn drehte sich vor dem Spiegel. Heute war der große Tag. Eigentlich einer, auf den jede Braut sich freute. Im Gegensatz zu ihr – sie war froh, wenn es überstanden war. Ein bitteres Lächeln zierte ihr Gesicht. Sie dachte, sie hätte ihre Gefühle im Griff, aber spurlos ging es nicht an ihr vorbei. Nie hätte sie gedacht, dass sie mal eine Ehe ohne Liebe einging. Aber meistens kam es anders. Das Leben ließ sich nicht immer planen. Sie war fest entschlossen, das Beste daraus zu machen. Mit Mason hatte sie einen tollen Partner an ihrer Seite.

Sie nickte sich im Spiegel zu. »Nachher bist du Mrs Stone. Robyn Stone.«

»Hört sich gut an.«

Robyn fuhr herum. »Du hast mich eiskalt erwischt.«

»Entschuldige. Ich wollte dich nicht erschrecken, aber deine Tür stand auf und ich habe den bezaubernden Anblick in mich aufgesogen.« Mit einem unergründlichen Lächeln betrat Mason das Zimmer.

»Schmeichler.« Ein wenig verlegen strich sie das Kleid glatt.

»Ich übe für meine Rolle als Ehemann. Nein, im Ernst. Du siehst toll aus. Das Kleid steht dir hervorragend.«

»Danke. Gleich werde ich rot.«

»Wozu kein Grund besteht.« Mason stellte sich neben sie. »Wir geben ein gutes Duo ab, findest du nicht?« Er lächelte sie über den Spiegel an.

»Ja, das lässt sich nicht leugnen.« Sie gaben ein schönes Paar ab. Zu schön, um wahr zu sein, und genau das war es ja nicht. Robyn fühlte sich ein wenig wie in einer Sitcom. Fehlte nur das Gelächter im Hintergrund.

»Ich möchte nicht drängeln, aber wir müssen los. Sonst fangen die auf dem Standesamt ohne uns an.«

»Na, das will ich sehen.«

»Stimmt. Geht nicht.« Mason schüttelte lachend den Kopf. »Ich bin heute ein wenig durch den Wind.«

»Verstehe ich. Mir geht es genauso.«

»Ich sag ja, wir passen gut zusammen.«

»Lass uns fahren. Ich wette, unsere Eltern stehen vorm Standesamt auf heißen Kohlen.« Robyns Eltern wohnten im einen fünf Sterne Hotel. Mason hatte dort ein Zimmer für eine Woche für sie gemietet, damit sie noch einige Tage in der Stadt verbringen konnten. Darüber waren ihre Eltern ganz aus dem Häuschen gewesen. Trotz, dass es eine Scheinehe war, schienen sie sehr froh darüber, dass sie ihre Tochter unter der Haube hatten. Fürs Erste zumindest.

»Nach dir.« Mason verbeugte sich galant und Robyn verließ kichernd das Zimmer.

Kurz darauf betraten sie mit ihren Eltern, die, genau wie von Robyn vorhergesagt, vor dem Standesamt bereits ungeduldig auf sie gewartet hatten.

»Ist das aufregend, nicht wahr Lisa?«, fragte Ellen.

»Ja, das ist es«, stimmte Lisa lächelnd zu. »Findest du nicht auch Fred?« Sie stupste ihren Mann an.

»Was? Ja. Natürlich.«

Robyn war sich sicher, ihr Vater hatte nicht zugehört, aber er stimmte ihrer Mutter automatisch zu, um zu verbergen, dass er nicht aufgepasst hatte. Das ersparte ihm manche Diskussion, wie er Robyn mal anvertraut hatte.

Ein Mitarbeiter des Standesamtes rief sie auf und sie wurden in einer kurzen Zeremonie getraut. Eine halbe Stunde später verließen sie das Gebäude bereits wieder.

»Herzlichen Glückwunsch und willkommen in der Familie.« Ellen umarmte Robyn, danach ihren Sohn und dann Robyns Eltern.

»Hättest du gedacht, dass unsere Kinder mal heiraten?«

»Nein. Wirklich nicht, aber es ist schön.« Lisa kramte ein Taschentuch hervor und gab es Ellen.

»Danke.« Sie tupfte sich damit die Tränen von den Augen. »Ich bin so glücklich. Endlich habe ich eine Schwiegertochter und vielleicht machen uns die beiden bald zu Großeltern. Wäre das nicht toll?«

Lisa nickte. »Das wäre es.«

Robyn spürte den kurzen Blick, mit dem ihre Mutter sie streifte. Wahrscheinlich dachten sie dasselbe wie sie. Dass aus Enkelkindern nichts wurde. Wieder spürte Robyn das schlechte Gewissen ihren Schwiegereltern gegenüber.

»Der formelle Teil ist erledigt. Kommt jetzt nicht der Part, wo man die hungrigen Gäste füttert?«, fragte Brian.

»Dein Sohn hat gerade geheiratet und du denkst ans Essen?« Ellen stemmte die Hände in die Hüfte und sah ihren Mann vorwurfsvoll an.

»Was denn? Nach dem Jawort gibt es was zu essen. Ist doch so. Wieso giftest du mich so an?«

»Ich gifte nicht.«

»Dann schau mal in den Spiegel. Du verspritzt Gift mit deinen Augen.« Brian verkniff sich ein Grinsen.

»Du ...«

»Ja Liebes?«

»Na warte, wenn wir zu Hause sind.«

»Darf ich bei euch schlafen?«, fragte Brian an Mason gewandt.

»Nein. Es ist ihre Hochzeitsnacht«, rief Ellen entrüstet.

»Na und? Die beiden werden nicht wie Nonnen gelebt haben.«

Robyn schloss kurz die Augen. Wenn Brian wüsste. Sie war dankbar, dass Mason die Diskussion über ihr Liebesleben unterbrach und das Thema wechselte.

»Dad hat nicht unrecht. Lasst uns ins Restaurant fahren. Ich habe einen Tisch reserviert.«

»Siehst du. Er ist auf meiner Seite. Der gute Junge.« Brian klopfte Mason auf die Schulter.

Bevor der Schlagabtausch erneut aufflammte, bot Mason Robyn seinen Arm an. »Darf ich bitten, Mrs Stone?«

»Gerne Mr Stone.« Robyn hängte sich ein.

»Ist das schön.« Ellen schluchzte erneut auf.

»Brechen wir auf«, schlug Brian vor. »Sonst gibt es gleich eine Überschwemmung.«

»Du bist so unsensibel.«

»Und du bist undicht.«

Schimpfend folgte Ellen ihrem Mann zum Wagen.

»Gehen wir auch zum Auto«, sagte Fred.

Lisa nickte. Beim Gehen sah sie Robyn traurig an und der Blick traf Robyn bis ins Herz. Denn ihre Mutter wusste, dass sie keine Enkelkinder von den beiden bekam.

24.

»Auf unsere Kinder.« Brian hob sein Glas.

»Auf Enkelkinder«, sagte Ellen mit feierlicher Stimmung.

»Gleich lassen sie sich wieder scheiden, wenn du damit nicht aufhörst«, knurrte Brian seine Gattin an. »Lass sie erst mal etwas Spaß haben.«

»Ich ...«, setzte Ellen an, wurde aber von Lisa unterbrochen.

»Ich denke, Brian hat recht. Es ist alleine ihre Entscheidung, ob und wann sie sich für Nachwuchs entscheiden.«

Robyn sah ihre Mutter dankbar an. Sie traf immer die richtigen Worte, denn Ellen nickte reuevoll.

»Du hast recht. Ich sollte mich heraushalten.«

»Sag ich doch.« Brian hob erneut das Glas. »Auf Robyn und Mason.«

Robyn trank einen Schluck Champagner. Ihr Lieblingsgetränk wurde das nicht. »Danke, dass ihr heute an unserem Hochzeitstag mit uns feiert.« Waren das die richtigen Worte für eine Ansprache? Sie wusste es nicht, es war ihre erste Hochzeit.

»Wir sind nur wegen des kostenlosen Urlaubs hier, den Mason uns finanziert.« Fred grinste in die Runde.

»Das war nicht lustig«, rügte Lisa ihren Mann.

»Das war ein Witz.«

»Manchmal sind deine Witze flacher als ein Blatt Papier.« Lisa sah ihn kopfschüttelnd an.

»Tut mir leid Robyn.« Verlegen sah er seine Tochter an.

»Schon gut Dad. Ich kenne dich ja.« Sie zwinkerte ihm zu. So kam wenigstens Bewegung in die Runde. Bis jetzt hatten sie sich aufs Essen konzentriert, aber nun saßen sie mit dem Champagner da und keiner wusste so recht, was er sagen sollte.

»Wann geht euer Flug?«, fragte Lisa.

»Um achtzehn Uhr Mum.«

»Dann solltet ihr bald aufbrechen, damit die nicht ohne euch fliegen.« Brian stellte das Glas ab.

»Habt ihr schon gepackt?« Interessiert sah Ellen sie an.

»Ja, gestern schon, damit wir heute nicht ins Schleudern geraten.« Robyn überlegte zum wiederholten Mal, ob sie nichts vergessen hatte.

»Dann kann es ja nachher losgehen. Hawaii ist eine ganz tolle Wahl. Nicht wahr Lisa?« Ellen sah sie neugierig an.

Die zuckte die Schultern. »Keine Ahnung. Ich war noch nie dort.«

»Entschuldige. Ich wollte dich nicht in Verlegenheit bringen. Ich habe nicht daran gedacht, dass ihr ... das ...«

»Dass wir kein Geld für Urlaub haben«, sagte Lisa. »Das muss dir nicht peinlich sein. Wir haben kein Problem damit.«

»Es tut mir wirklich leid. Ich habe nicht nachgedacht.«

»Tut sie nie«, nuschelte Brian, aber Ellen hatte es gehört.

»Wie bitte?«

»Ich sagte, wie entzückend du heute aussiehst. Nicht wahr Fred?«

Der verstand den Wink und nickte. »Ja, das hat er gesagt. Ich habe es genau gehört.«

Robyn schmunzelte innerlich. Ihre Eltern verstanden sich gut, ganz besonders die Väter, die sich gegen die Frauen bereits verbündet hatten.

»Ich glaube, ich zahle mal, bevor einem der beiden ernstlich etwas passiert. Unsere Mütter sehen grimmig aus.« Mason winkte dem Kellner. »Die Rechnung bitte.«

»Als ob sie gleich über die Männer herfallen«, stimmte Robyn grinsend zu.

»Was für eine Vorstellung«, sagte Mason.

»Wer stellt sich vor?«, fragte Ellen.

»Nichts Mum. Ich zahle und dann müssen wir uns langsam auf den Weg zum Flughafen machen.«

»Eine gute Idee. Der Verkehr ist schlimm um diese Zeit.«

»Ihre Rechnung Mr Stone.« Der Kellner kassierte und die kleine Gesellschaft stand auf.

»Soll ich euch gleich fahren?«, fragte Brian.

»Wenn du uns auch wieder abholst, wenn wir zurückkommen, dann gerne. Sonst stehen wir ohne Wagen am Flughafen«, sagte Mason.

»Natürlich holt er euch auch ab«, antwortete Ellen, bevor ihr Mann es nur schaffte, den Mund zu öffnen.

»Wie ihr seht, habe ich ein Sprachrohr.«

»Frauen halt.« Fred hielt sich danach die Hand vor den Mund. »Das ist mir so herausgerutscht.«

»Ein Leidensgenosse. Wir sollten uns heute Abend auf ein Bier treffen.« Brian klopfte Fred freundschaftlich auf die Schulter.

»Wenn ihr so lange lebt ...«, sagte Mason grinsend. »Eure Frauen stehen kurz vorm Ausbruch.«

»Ein Vulkan ist nichts dagegen. Ihr dürft uns begleiten.«

»Wie lieb von euch, aber wir verzichten. Nicht wahr Lisa? Wir amüsieren uns auch ohne euch hervorragend.«

»Ich bin ganz deiner Meinung. Geht ihr ein Bier trinken, wir finden bestimmt eine nette Bar zum Tanzen.« Lisa stellte sich neben Ellen.

»Wir verlieren«, sagte Brian.

»Schön, dass ihr das einseht. Kommt doch heute zu uns, zu einem kleinen Umtrunk. Wir haben uns ja seit damals nicht mehr gesehen. Es gibt bestimmt viel zu reden«, schlug Ellen vor.

»Gerne. Wann sollen wir bei euch sein?«

»Gegen zwanzig Uhr? Passt das?«

»Ja sicher. Wir sind pünktlich.«

»Wir freuen uns. Nicht war Brian?«

»Natürlich.« Er sah zu Fred. »Ich habe verschiedene Biersorten da. Kommt mit dem Taxi.«

»Auf jeden Fall. Dann ertragen ...« Fred brach mit Blick auf die Frauen den Satz ab.

»Schlau von dir Dad«, sagte Robyn mit einem Zwinkern.

»Ich weiß gar nicht, was du meinst. Komm, lass uns fahren. Damit Brian die beiden zum Flughafen fahren kann.«

»Viel Spaß in den Flitterwochen. Erholt euch gut und meldet euch, wenn ihr gelandet seid.« Lisa umarmte ihre Tochter und danach Mason. »Sei lieb zu ihr«, flüsterte sie ihm ins Ohr.

»Das verspreche ich dir«, antwortete er leise.

»Jetzt ich. Weg da.« Fred umarmte Robyn. »Bring mir was Schönes mit.«

»Ein Hawaiihemd vielleicht?«

»Meinst du, das steht mir?« Fred sah sie nachdenklich an.

»Auf jeden Fall«, sagte Mason.

»Untersteht euch, ihm so ein Teil mitzubringen.« Lisas Stimme klang bedrohlich.

»Okay. Schon überzeugt.« Lachend hob Mason beide Hände, wie um sie zu beschwichtigen.

»Mal sehen«, sagte Robyn lachend.

»Los, ab jetzt. Es wird Zeit«, trieb Brian sie an, der befürchtete, dass sie den Flieger am Ende vor lauter Quatschen doch noch verpassten.

»Dein Vater hat recht.«

»Sag ich ja. Ich fahre zu euch. Schwingt die Hufe. Wir treffen uns vor dem Haus.« Brian eilte mit Ellen zum Wagen.

»Wir wünschen euch einen schönen Urlaub«, sagte Lisa.

»Viel Spaß Kinder.« Fred winke ein letztes Mal und folgte seiner Frau zum Auto.

»Dann mal los. Die Flitterwochen warten auf uns.« Mason stieg ein und Robyn nahm neben ihm Platz. Sie war gespannt, wie der Urlaub wurde.

25.

»Willkommen, Mr und Mrs Stone. Ich hoffe, Sie hatten einen angenehmen Flug«, begrüßte sie der Hoteldirektor, beim Betreten des Hotels.

»Ja, danke der Nachfrage«, sagte Mason.

»Ich freue mich, Sie erneut hier begrüßen zu dürfen und es ist mir eine Ehre, Ihre Frau kennenzulernen. Mrs Stone, ich hoffe, es gefällt Ihnen bei uns.«

»Davon bin ich überzeugt. Was ich bis jetzt gesehen habe, ist grandios.« Robyn war beeindruckt von dem Resort. In einem fünf Sterne Hotel war sie noch nie abgestiegen. Sie wusste nicht, wo sie zuerst hinsehen sollte.

»Es wird noch großartiger, das verspreche ich Ihnen. Ihr Gatte kann Ihnen alle schönen Plätze zeigen. Obwohl, es gibt hier nur wunderschöne Plätze.«

»Da gebe ich Ihnen recht. Die ganze Anlage ist fantastisch. Deshalb komme ich immer wieder gerne zu Ihnen.« Mason nahm die Schlüsselkarte in Empfang.

»Page.« Der Direktor winkte einen jungen Mann zu Ihnen.

»Ja Sir.«

»Bringen Sie das Gepäck in die Suite Nummer sieben.«

»Gerne Sir.« Der Page holte einen Wagen und transportierte die Koffer ab.

»Ich habe mir erlaubt, Ihnen einen Willkommensgruß aufs Zimmer zu schicken. Eine Flasche von unserem besten Wein. Lassen Sie ihn sich schmecken.«

»Ganz bestimmt und vielen Dank«, sagte Robyn. So viel Aufmerksamkeit in einem Hotel war sie nicht gewohnt. Sie fand es unheimlich, wie man sich um sie bemühte.

»Wenn Sie einen Wunsch haben, lassen Sie es mich wissen.«

»Auf jeden Fall.«

»Darf ich Sie zu Ihrer Suite führen?«

»Wir möchten Ihnen keine Umstände bereiten.«

»Das mache ich mit Freuden. Folgen Sie mir. Ich habe mir genug Zeit für Sie reserviert.«

Mason legte einen Arm um Robyns Schulter. »Lassen wir ihm die Freude.«

»Natürlich. Ich glaube, er freut sich mehr als wir.« Robyn fand es süß, wie bemüht er war, es ihnen recht zu machen. Sie wusste von Mason, dass er im Urlaub immer hier abstieg, genau wie seine Eltern. Sie waren Stammgäste und die umsorgte man halt, so gut es ging. Vor allem, Prominente. Das stimmte zwar nur halb, aber die Spiele kannte wirklich jeder, wenn auch nicht unbedingt die Gesichter dahinter.

»Er ist immer sehr bemüht«, sagte Mason leise.

»Nicht zu übersehen.«

Der Direktor blieb vor einer Tür stehen. »Hier ist Ihr Reich. Ich wünsche Ihnen einen angenehmen Aufenthalt. Falls es an etwas fehlt, meine Tür steht Ihnen jederzeit offen.«

»Das wissen wir zu schätzen. Vielen Dank, dass Sie sich so viel Zeit für uns nehmen«, sagte Robyn.

»Sehr gerne Mrs Stone.« Er verbeugte sich leicht und ließ sie dann alleine.

Mason zog die Karte durch. »Schauen wir mal. Nach dir.«

Robyn betrat das Zimmer und blieb gleich stehen. Der Anblick verschlug ihr die Sprache. »Wow.« Mehr bekam sie nicht heraus.

»Gefällt es dir?« Lächelnd schloss Mason die Tür.

»Es ist atemberaubend.« Das Zimmer war im hawaiianischen Stil eingerichtet und lichtdurchflutet, dank der großen Fenster.

»Geh mal hinaus.«

Robyn folgte der Aufforderung und erneut war sie sprachlos. Die Suite verfügte über eine private Terrasse mit einer grandiosen Aussicht aufs Meer. Ihr war schwindelig von den vielen Eindrücken. Der Ausblick war so herrlich, am liebsten würde sie sich gleich in den einladenden Sessel setzen und nie wieder aufstehen. Hier ließ es sich aushalten. »Ist das schön.« Seufzend stützte sie die Arme auf die Brüstung.

Mason stellte sich neben sie. »Ich liebe den Ausblick.«

»Das verstehe ich. Ich könnte stundenlang nur aufs Meer hinausblicken.«

»Der Sonnenuntergang wird dir gefallen. Es ist ein toller Anblick.«

»Das glaube ich gerne. Hier möchte man gar nicht mehr weg.«

»Wir können die Flitterwochen verlängern, wenn du möchtest.«

»Nein, eine Woche ist in Ordnung. Es sind ja keine echten Flitterwochen.« Robyn wollte Mason nicht zu lange von der Firma fernhalten. Im Moment war viel zu tun. Eigentlich war sogar die eine Woche nicht drin, aber darauf hatte er bestanden.

»Wenn du es dir überlegst, sag mir Bescheid.«

»Mache ich.«

»Du hast bestimmt gesehen, dass es nur ein Doppelbett gibt. Ich werde auf dem Sofa schlafen und du bekommst das Bett.«

Robyn schüttelte den Kopf. »Kommt nicht infrage. Wir teilen das Bett. Es ist groß genug für uns beide und wir sind erwachsen.« Auf keinen Fall wollte sie, dass er auf dem Sofa nächtigte. Zum Schlafen sah es nicht gerade bequem aus.

»Bist du dir sicher?«

»Ja.«

»Puh. Da bin ich erleichtert.« Mason steckte die Hände in die Hosentasche. »Ich sah mich schon zusammengerollt auf der Couch liegen.«

So wie er da stand, erinnerte er Robyn an den Mason von früher, nur dass er inzwischen ein stattlicher Mann war. Wieso dachte sie ständig daran, wie gut Mason aussah? Das beunruhigte sie. Wie immer schob sie den Gedanken weit weg, in die hinterste Ecke des Gehirns, mit der Hoffnung, dass er nicht erneut hervorkam.

»Morgens würdest du nicht mehr hochkommen.«

»Die Befürchtung hatte ich auch. Danke.«

»Wofür?«

»Dass du mich in dein Bett lässt. Moment, das hört sich seltsam an, aber du weißt, wie ich das meine.« Ein spitzbübisches Lächeln zierte sein Gesicht.

»Na klar. Ich kenne dich doch.« Robyn knuffte ihm in die Seite.

»Aua.« Er ging in die Knie.

»Du warst immer schon ein guter Schauspieler. Los. Hoch mit dir.«

»Ja mein holdes Weib.«

»Aua.« Mason rieb sich den Kopf.

»Das passiert, wenn man sein holdes Weib veralbert.« Lachend bot Robyn ihm die Hand an. Mason griff danach und beide fielen sie hin. Robyn landete auf Mason und sein Aftershave stieg ihr in die Nase.

»Du riechst gut.«

»Danke«, sagte er grinsend.

Hatte sie das wirklich laut gesagt? Sie musste besser aufpassen. Jedenfalls gefiel Mason das Kompliment.

»Bild dir mal nichts ein.« Sie rollte sich von ihm und stand auf.

»Ich doch nicht.« Mason stand ebenfalls auf. »Was hältst du davon, wenn ich dir die Anlage zeige?«

»Eine ganze Menge.«

»Dann mal los. Es gibt viel zu sehen.« Mason griff nach ihrer Hand und Händchen haltend zogen sie los und Robyn konnte nicht umhin, sich einzugestehen, dass ihr das sehr gut gefiel.

26.

Mason pustete leicht in den Kaffee, in der Hoffnung, dass der Duft Robyn weckte. Leider drehte sie sich nur auf die andere Seite. Mason umrundete das Bett und versuchte es erneut. »Guten Morgen Robyn. Aufstehen. Die Sonne lacht und das Wasser glitzert.« Das hörte sich kitschig an. Hoffentlich hatte sie es im Halbschlaf nicht verstanden.

»Wer glitzert?« Müde öffnete Robyn ein Auge.

So viel dazu, dass sie es nicht gehört hatte. »Der Kaffee duftet, habe ich gesagt und er ist für dich«, redete er sich heraus.

Robyn setzte sich gähnend auf. »Habe ich gut geschlafen.« Sie streckte sich und nahm die Tasse entgegen. »Danke.« Sie nippte an der heißen Flüssigkeit. »Wo hast du den denn her?«

»Zimmerservice.« Mason holte eine zweite Tasse und setzte sich auf seine Betthälfte.

»Blöde Frage. Logisch.« Sie strubbelte sich durch die Haare.

»Du siehst aus, wie ein aufgeplatztes Sofakissen.« Mason prustete in den Kaffee, aber selbst so verschlafen und zerzaust sah sie noch bezaubernd aus. Robyn besaß eine natürliche Schönheit. Nicht viele Frauen verfügten darüber. Er war neben Frauen aufgewacht, wo er überlegt hatte, ob es dieselbe war, wie am Abend zuvor. Manche klatschten sich so viel Schminke ins Gesicht, dass sie sich selbst nicht mehr ähnlich sahen. Natürlichkeit gefiel ihm um Welten besser. Robyn hatte es absolut nicht nötig, Make-up zu benutzen.

»Vielen Dank. Was für ein Kompliment am Morgen. Kann nur besser werden.«

»So beginnen die Flitterwochen gut.«

»Stimmt. So wird es noch schöner. Pass auf, dass du sie heil überstehst, bei den Komplimenten, die du raushaust.« Robyn trank einen Schluck Kaffee. »Das tut gut.«

»Der weckt die Lebensgeister.«

»Er wäre auch geeignet, um Tote zu wecken. Ist der stark, aber ich mag ihn so.«

»Ich weiß.«

»Hast ja doch Qualitäten, ein guter Ehemann zu werden.« Robyn leerte die Tasse und hielt sie ihm hin. »Mehr.«

»Du benimmst dich bereits wie eine Ehefrau.« Lachend nahm er die Tasse und stellte sie weg.

»Leider scheint es nicht zu fruchten. Du füllst sie nicht auf.«

»Genau. Ich möchte frühstücken und zwar am Buffet. Raus aus dem Bett Weib.« Mason zog ihr die Decke weg.

Robyn griff danach, aber sie war zu langsam. »Mist.«

»Ab ins Bad. Du willst doch nicht, dass ich verhungere.«

»Hm. Ich weiß nicht. Bin ich Alleinerbin?« Robyn legte den Kopf schief und sah ihn mit einem schelmischen Lächeln an.

Er nahm ein Kissen und warf es nach ihr.

Diesmal war Robyn schneller. Sie fing es auf und ehe Mason sich versah, hatte er es im Gesicht.

»Du gewinnst.«

»Du bist ein guter Verlierer.« Robyn sprang aus dem Bett.

»Nein, nur ein hungriger Mann.«

»Ich hätte es wissen müssen.« Robyn holte frische Sachen aus dem Schrank. »Ich beeile mich.«

»Wehe wenn nicht.«

»Was dann? Seifst du mich dann persönlich ein?«

»Könnte sein.« Mason trat einen Schritt auf sie zu.

»Okay. Darauf lasse ich es lieber nicht ankommen.« Lachend verschwand Robyn im Bad und schloss die Tür hinter sich.

Lächelnd wollte Mason die Schranktür schließen, die Robyn offengelassen hatte, aber dann fiel sein Blick auf einige Wäschestücke. Er überlegte kurz und riskierte einen Blick. Was er sah, gefiel ihm. Noch mehr würde ihm gefallen, Robyn darin zu sehen. Die Spitzenunterwäsche sah bestimmt sehr sexy an ihr aus.

Er sollte es nicht tun, aber seine Finger bewegten sich automatisch. Er griff nach einem roten Spitzenslip, der sich als String herausstellte.

»Was tust du da?«

Mason fiel vor Schreck der String aus der Hand. Schuldbewusst sah er Robyn an, die nur in ein Handtuch gewickelt in der Badtür stand. War sie fertig mit Duschen?

Wie lange hatte er hier gestanden? Es waren höchstens zwei Minuten gewesen.

»Wieso bist du nicht unter der Dusche?« Was für eine bescheuerte Frage. Was sie von ihm dachte, wollte er lieber nicht wissen.

»Ich habe vergessen, einen Slip mitzunehmen.« Argwöhnisch sah sie Mason an.

Der hob den String auf und gab ihn ihr. »Nimm den.«

Sie nahm ihn und tauschte ihn gegen einen schwarzen Slip ohne Spitze aus. »Was hast du an meinen Sachen gemacht?«

»Das ist nicht so, wie es aussieht.«

»Das sagen sie in Krimis auch immer und sind dann doch meistens schuldig.« Sie verschränkte die Arme vor der Brust.

»Ich war nur neugierig.«

»Auf meine Unterwäsche?« Robyn riss die Augen auf.

Er verstand, dass es merkwürdig aussah und er kam sich mehr als dämlich vor, dass sie ihn dabei erwischt hatte. »Der Schrank stand auf, ich wollte ihn schließen, habe die Wäsche gesehen und einen Blick riskiert.«

»Guckst du immer mit den Händen?«

»Ja, nein, sorry. Ich habe nicht nachgedacht. Bei so viel schicker Unterwäsche hat mein Kleinhirn abgeschaltet. Es tut mir leid. Ich hatte kein Recht dazu, in deinen Sachen zu wühlen.« Mason presste die Lippen aufeinander. Wieso hatte er sich dazu hinreißen lassen. Robyns Blick war unergründlich. Sie sah ihn völlig unbewegt an.

»Welches Gehirn?«

»Was meinst du?«

»Du hast höchstens einen Zettel im Kopf, auf dem Hirn steht. Ich bezweifel, dass man damit denken kann.« Robyns Mundwinkel zuckten leicht und Mason verstand, dass sie ihn auf den Arm nahm.

»Du ...«

»Hey, du bist der Unterwäschefummler. Schön die Bälle flach halten«, platzte Robyn lachend heraus.

»Du ... bist nicht böse?«

»Nein. Du warst immer schon neugierig wie ein altes Waschweib und es ist nur Unterwäsche.« Sie trat an den Schrank. »Möchtest du mehr sehen?«

»Führst du sie mir vor?«, fragte Mason lachend.

»Das hättest du wohl gerne.« Robyn zog eine Grimasse.

»Wenn du es mir anbietest, sage ich nicht Nein. Hey, ich bin auch nur ein Kerl.«

»Stimmt. Alle gleich.« Grinsend wandte sich Robyn zum Bad. »Ach ja. Guck ruhig, wenn es dir Spaß macht. Ich schaue dann im Gegenzug später deine Unterwäsche an.« Lachend warf sie die Tür hinter sich zu.

Lächelnd schloss Mason den Schrank. Robyn war eine tolle Frau. In jeder Beziehung. Der Mann, der sie mal bekam, erhielt den Hauptpreis.

27.

»Steht die mir?« Robyn setzte die übergroße Sonnenbrille auf und blickte Beifall heischend zu Mason.

»Ja. Fantastisch.«

»Versuchst du, ein Lachen zu unterdrücken?« Robyn schob die Brille ein Stückchen herunter und sah ihn über den Brillenrand hinweg an.

»Ach was. Nie im Leben. Trau ich mich nicht. Nachher verhaut meine Frau mich.« Grinsend ging Mason einige Schritte rückwärts.

»Okay. Du hast mich überzeugt. Ich nehme sie nicht.« Robyn legte die Brille zurück.

»Kennst du die Aliens in Filmen, die mit den großen Augen?«

»Ja.«

»So hast du damit ausgesehen«, prustete Mason und Robyn fiel mit ein.

Mit Mason zusammen Zeit zu verbringen, war wie ein Urlaub für die Seele. Sie spürte, wie sie das all die Jahre vermisst hatte. Sie freute sich auf die gemeinsame Zeit und fürchtete sich davor, wenn sie vorbei war. Aber daran wollte sie erst denken, wenn es so weit war. Sich jetzt den Kopf darüber zu zerbrechen, brachte nichts.

»Schon das zweite tolle Kompliment heute. Pass bloß auf.« Sie drohte ihm spielerisch mit der Hand.

Mason schnupperte daran. »Riecht wie frisch gewaschen.«

»Hey. Du solltest schlottern vor Angst.«

»Ich hole es später nach.« Lachend legte Mason einen Arm um Robyns Schultern und zog sie mit sich. »Sehen wir mal, ob wir noch eine Sonnenbrille für dich finden.«

Robyns Arm legte sich um seine Mitte und wie ein Pärchen schlenderten sie die Straße hinab, blieben stehen, sahen in die Schaufenster und bummelten weiter. Robyn kam es ein wenig unwirklich vor und gleichzeitig war es wahnsinnig schön. Nie hätte sie gedacht, dass ihr das Abkommen so gut gefallen würde.

»Die steht dir.« Mason nickte anerkennend, als Robyn einige Läden weiter eine Brille aufsetzte.

Sie sah in den Spiegel und gab ihm recht. Die passte zu ihrem Gesicht und stand ihr richtig gut. Sie nickte. »Überzeugt.«

»Dann bezahle ich sie und was hältst du dann von Mittagessen?«

»Eine ganze Menge. Mein Magen hat eben bereits aufdringlich geknurrt.«

»Ach das war das Geräusch. Ich hatte einen Bagger in Verdacht.«

Sie knuffte ihn auf den Oberarm. »Das war wohl dein eigener Bauch.«

»Du gewinnst.« Mason bezahlte die Brille und Robyn setzte sie direkt auf.

»Viel besser«, sagte sie, als sie aus dem Laden traten. »Wo essen wir?«

»Komm mit. Ich kenne ein fantastisches kleines Lokal. Originale hawaiianische Küche. Du wirst es lieben.«

»Ich lasse mich gerne überzeugen.«

Mason nahm ihre Hand und sie zogen weiter zum Restaurant.

»Bist du fertig?«, drang Masons Stimme zu Robyn ins Bad.

»Fast.« Sie öffnete die Tür. »Nur noch Haare kämmen. Geht schnell.«

»Bist du ... wow.« Mason sah sie mit offenem Mund an.

»Es zieht. Mund zu.« Robyn fuhr mit der Bürste durch die langen Haare, während Mason sie weiterhin anstarrte.

»Sorry. Mir hat es die Sprache verschlagen.«

»Wieso?«

»Du siehst umwerfend aus.« Masons Blick glitt bewundernd an ihr hinauf und herunter.

»Danke.« Robyn gefiel der Blick, mit dem er sie ansah. So begehrlich hatte sie sich seit Jahren nicht mehr gefühlt. Sie legte die Bürste weg. »Ich bin soweit.«

»Dann stürzen wir uns mal ins Getümmel. Es wird dir gefallen.«

»Davon bin ich überzeugt.« Heute Abend veranstaltete das Hotel einen Tanzabend mit einer Liveband. Eine Gruppe führte hawaiianische Tänze auf. Sie freute sich auf den Abend. Sie war seit Ewigkeiten nicht mehr Tanzen.

Sie folgte Mason in den Außenbereich des Hotels, wo bereits zahlreiche Gäste versammelt waren.

»Mr Stone, Mrs Stone. Wir freuen uns, dass Sie dem Abend beiwohnen. Darf ich Sie zu Ihrem Tisch geleiten?«, wurden sie von einem der Angestellten empfangen.

»Gerne.«

Der Keller wies ihnen einen Tisch zu, nahm die Getränkebestellung auf und ließ sie alleine.

»Wunderschön dekoriert.« Robyn sah sich bewundernd um. Es gab so viel zu entdecken, das ließ sich gar nicht alles auf einmal aufnehmen.

»Sie geben sich immer viel Mühe. Ich habe an so einem Abend schon mal teilgenommen.«

»Mit einer Frau?«, rutschte es Robyn heraus. Sofort bereute sie die Worte, aber zurücknehmen ließen sie sich nicht.

»Nein. Ich war alleine hier und einmal mit meinen Eltern. Da habe ich sie über Silvester hierhin eingeladen.«

»Das ist bestimmt auch wunderschön.« Robyn war ihm dankbar, dass er auf ihre Frage nicht näher beleuchtete. Es ging sie nichts an. Wieso interessierte sie das überhaupt? Sie verscheuchte den Gedanken und konzentrierte sich auf die Tanzaufführung, die gerade begann.

»Es war großartig.« Robyn klatschte begeistert, nachdem die Aufführung geendet hatte.

»Ich habe ja gesagt, es gefällt dir.«

»Es war echt toll.« Robyn trank den letzten Rest des Cocktails.

»Möchtest du noch einen?« Mason zeigte auf das leere Glas.

»Gerne. Der ist lecker, aber auch gefährlich.« Robyn war ein wenig beschwipst.

»Das stimmt.« Mason winkte dem Kellner und bestellte zwei weitere Cocktails. »Magst du tanzen?«

Robyn sah zur Liveband, die mit Spielen begann und die ersten Paare drängten auf die Tanzfläche. »Gerne.«

»Darf ich bitten?« Mason stand auf und verbeugte sich galant.

»Aber natürlich.« Robyn nahm die dargebotene Hand und sie mischten sich unter die Tanzenden.

Robyn genoss es, in Masons Armen über das Parkett zu schweben. Er war ein toller Tänzer. Irgendwie fand sie alles an ihm toll. Sie seufzte.

»Du hörst dich zufrieden an«, sagte Mason schmunzelnd.

»Bin ich auch. Es ist so schön hier. Wie in einer anderen Welt.«

»Da gebe ich dir recht.«

In dem Moment stimmte die Liveband ein langsames Lied an und Mason zog sie an sich. Automatisch legte Robyn die Arme um seinen Nacken. Er roch so gut und sie spürte seinen Atem. Sie musste verdammt noch mal aufpassen, dass sie sich nicht in etwas verrannte, was nie eintraf.

28.

Genüsslich rekelte Robyn sich im Bett. Gähnte und streckte sich dabei. Sie drehte sich auf die andere Seite und schreckte zurück, als sie auf Masons warmen Oberkörper landete. Ruckartig riss sie die Augen auf, kniff sie zusammen und öffnete sie erneut. Das Bild blieb. Mason lag mit nacktem Oberkörper neben ihr und dunkel kehrten die Bilder des vergangenen Abends zurück.

Panisch setzte sie sich auf und sah unter die Decke. Sie war nackt! Sie schielte zu Mason. Ob er auch darunter ...? Ja. Ganz bestimmt sogar. Oh mein Gott. Was hatten sie getan?

»Ganz ruhig bleiben.« Sie atmete einmal tief durch und ließ den Abend Revue passieren.

Sie erinnerte sich, dass sie mehr Cocktails getrunken hatten, als gut war und beim Tanzen waren sie viel zu dicht aneinandergeschmiegt gewesen. In Robyn war die Hitze hochgestiegen und es lag nicht an der Temperatur. Sie wusste, dass sie versucht hatte, sich zur Ordnung zu rufen, leider waren die Rufe im Großhirn ungehört verhallt.

Sie setzte sich auf, mit Blick auf den schlafenden Mason. Er sah so friedlich aus, wie er da lag. Sie könnte ihn stundenlang ansehen. Ein Lächeln stahl sich auf ihr Gesicht, das schnell wich, als sie den Abend weiter verfolgte.

Um kurz nach ein Uhr hatten sie kichernd wie Teenager, eng umschlungen die Party verlassen und waren in den Fahrstuhl gestiegen. Sie wusste nicht mehr, was sie überkam, auf jeden Fall war ein völlig benebeltes Alkoholgehirn daran beteiligt gewesen. Nachdem die Türen geschlossen waren, hatte Mason sie dicht an sich gezogen und sie geküsst. Erst zart, dann war es in eine hemmungslose Knutscherei ausgeartet, die sich auf dem Zimmer fortgesetzt hatte.

Wann er ihr das Kleid ausgezogen hatte, ließ sich nicht mehr rekonstruieren. Aber irgendwann direkt, nachdem die Tür hinter ihnen ins Schloss gefallen war. Sie wusste, dass sie ihm danach aus der Hose geholfen hatte und nicht nur aus einer.

Ihr wurde warm. Sie erinnerte sich zu genau daran, was dann passierte. Sie waren übereinander hergefallen, aber nicht direkt, denn ein entscheidendes Detail fehlte ihnen.

»Oh nein.« Robyn zog sich die Decke über den Kopf. War das peinlich. Sie schaffte es für den Rest des Urlaubs wohl nicht, den Angestellten in die Augen zu sehen.

»Guten Morgen. Wieso schreist du so?«, hörte sie Masons verschlafene Stimme.

Ruckartig zog sie die Decke weg.

»Ja, du siehst immer wie ein aufgeplatztes Sofakissen aus«, sagte er lachend.

»Na warte.« Robyn nahm das Kissen und haute es Mason ins Gesicht. »So.« Sie zog die Bettdecke bis zu den Brüsten hoch, was Quatsch war. Die hatte Mason in der Nacht nicht nur angesehen. »OHHHH.« Sie trommelte mit den Händen auf die Decke.

»Was ist denn los mit dir?«

»Was los ist? Das fragst du echt?« Sie nahm das Kissen von seinem Gesicht, da er keine Anstalten dazu machte.

»Ja.«

»Erinnerst du dich an den gestrigen Abend?«

»Klar. Wir waren Tanzen, haben Cocktails getrunken und ...« Mason verstummte. Sein Blick sagte eigentlich alles.

»Und? Sprich weiter.«

»Wir haben geschlafen?«

»Ja. Miteinander.«

»Oh.« Auf Masons Gesicht bildete sich ein breites Grinsen.

Robyn fasste es nicht. Er lachte. Das gab es nicht. Sie boxte ihm auf den Oberarm.

»Aua. Was soll das?«

»Wie kannst du darüber lachen?« Sie vergrub das Gesicht in den Händen. Das war so peinlich.

»Ich habe dich nicht ausgelacht, wenn du das meinst.«

»Das meine ich nicht, aber ... wie konnten wir nur?« Robyn sah ihn von der Seite an.

»Ja, das ist gestern etwas aus dem Ruder gelaufen. Da gebe ich dir recht.« Mason setzte sich auf, dabei verrutschte das Laken.

»Pack das wieder ein.« Sie zeigte in seinen Schritt und wandte den Blick ab.

»Nicht so schüchtern. Gestern konntest du nicht genug davon bekommen.« Grinsend bedeckte er den Unterkörper.

»Erinnere mich nicht daran.«

»Vielen Dank.«

»Bleib doch mal ernst.«

»Ja du hast recht. Das hätte nicht passieren dürfen. Ist es aber und hey, es war gut. Findest du nicht?«

Robyn fühlte sich von seinen Blicken durchbohrt. »Ja, es war gut.« Das musste sie zugeben. Es war nicht nur gut, sondern fantastisch gewesen. Allerdings hütete sie sich, das zu sagen. Nachher bildete er sich was darauf ein. Sie fasste immer noch nicht, dass sie sich dazu hatte hinreißen lassen. Was hatte sie sich dabei gedacht? Gar nichts, das hatte der Alkohol für sie übernommen.

»Eben. Von daher sollten wir uns daran nicht hochziehen. Wir haben miteinander geschlafen. Ist nichts dabei. Hey, wir sind verheiratet, da haben wir unsere Hochzeitsnacht noch nachgeholt.«

Robyn verspürte den Drang, ihm das Grinsen aus dem Gesicht zu schlagen. Dass er das so locker sah. Aber Männer hatten da wohl einen anderen Blickwinkel.

Mason schwang die Beine aus dem Bett. »Hui.«

»Was ist?«

»Wir waren gut.«

»Was meinst du damit?«

»Auf dem Boden liegen drei benutzte Kondome.« Er wickelte sich aus dem Laken und hob sie auf. »Die entsorge ich mal.« Nackt lief Mason zum Mülleimer und Robyn schaffte es nicht, den Blick abzuwenden. Wie festgeklebt starrte sie Mason an.

»Darf ich mich anziehen oder möchtest du noch ein bisschen gucken?«

»Was? Nein. Natürlich nicht. Sag mal ...« Ihr fiel wieder ein, was sie vorhin verdrängt hatte.

»Was denn?«

»Erinnerst du dich daran, dass wir den Zimmerservice bestellt hatten?« Robyns Gesichtsausdruck wirkte gequält.

»Ich ... Oh. Ja. Das haben wir nicht getan, oder?«

»Doch. Haben wir.«

»Ach was soll es. Da gibt es Schlimmeres.« Mason nahm sich frische Sachen aus dem Schrank.

»Meinst du?«

»Klar. Möchtest du mit mir gemeinsam duschen?«, fragte er lachend und verschwand schnell im Bad, als Robyn ein Kissen nach ihm warf.

Als die Tür ins Schloss fiel, ließ Robyn sich nach hinten fallen. Sie konnte nicht fassen, dass sie tatsächlich Kondome beim Zimmerservice bestellt hatten.

29.

»Ich habe das Gefühl, alle starren uns an.« Robyn sah sich nach allen Seiten um, dabei schaufelte sie den Speck vom Buffet fast neben den Teller.

»Guck, was du tust. Du leidest an Verfolgungswahn. Kein Mensch interessiert sich dafür, dass wir uns Kondome aufs Zimmer bestellt haben.« Er sah den Koch hinter der Theke an. »Zwei Spiegeleier bitte.«

»Gerne«, antwortete der grinsend.

»So viel dazu, dass es niemanden interessiert«, zischte Robyn. Der Koch musste sich das Lachen verkneifen. Nachher erzählte er es den Kollegen und spätestens heute Abend wusste es das komplette Hotelpersonal. Schließlich war Mason hier Stammgast. Diese Geschichte machte auf jeden Fall die Runde.

»Hab dich nicht so. Ist doch eine nette Story.«

»Ihre Eier Mr Stone.« Mit einem Zwinkern reichte der Koch Mason den Teller.

»Vielen Dank. Möchtest du auch Eier mein Schatz?«

»Nein kein Bedarf. Ich hatte die Nacht genug Eier«, antwortete Robyn mit einem süffisanten Grinsen, das sogar Mason aus dem Takt und den Koch zum Lachen brachte. Er schaffte es nicht mehr, es zu unterdrücken.

»Sorry«, sagte er verlegen.

»Nicht dafür.« Zwinkernd ging sie ein Stück weiter.

»Du kleine Hexe«, flüsterte Mason hinter ihr.

»Was denn? Ist doch eine nette Geschichte. Moment. Wo habe ich das gleich eben gehört.« Grinsend drehte sie sich zu ihm um.

»Um eine Antwort warst du noch nie verlegen.«

»Kann sein.« Robyn sah auf den Teller. Eigentlich hätte sie gerne Eier gehabt, aber zurückgehen? Nein, das schaffte sie nicht. »Gibst du mir ein Ei ab?«

»Du wolltest keine.«

»Doch, aber dann wäre der Gag dahin gewesen.«

»Was bietest du mir dafür?«

»Speck. Wie du siehst, habe ich viel Speck. Sehr viel, wenn ich es mir genau betrachte.«

»Hast du den anderen Gästen ein paar Streifen übrig gelassen?«

»Ich glaube nicht. Ich habe nur geschaufelt, weil ich damit beschäftigt war, zu gucken, ob wir beobachtet werden.«

»Sag ja, du leidest an Verfolgungswahn.« Mason schob Robyn Richtung Tische. »Setzen wir uns. Ich nehme dir die halbe Ladung Speck ab. Sonst ist dir nachher schlecht.«

»Ganz der fürsorgliche Ehemann.«

»Ich weiß, ich bin toll.«

»Jetzt übertreib mal nicht.« Robyn setzte sich.

Mason nahm ihr gegenüber Platz. »Hey, ich bin sensibel.«

»Guten Morgen Mr und Mrs Stone. Darf ich Ihnen Kaffee einschenken?« Wie aus dem Nichts stand ein Kellner am Tisch.

Robyn fragte sich, wo der so plötzlich herkam. »Gerne.«

»Ich nehme auch ein Tässchen«, sagte Mason.

Der Kellner füllte die Tassen und entfernte sich genauso geräuschlos, wie er gekommen war.

»Ich wette, er weiß es.« Robyn schaufelte die Hälfte des Specks auf Masons Teller.

»Nun übertreibst du.«

»Kann sein.« Robyn seufzte. »Mir ist das nur extrem peinlich.«

»Glaub mir, das ist harmlos. In Hotels sind sie an einiges gewöhnt.«

»Du hast bestimmt recht. Her mit dem Ei.« Auffordernd sah sie ihn an.

»Jetzt? Hier?« Mason grinste.

»Ohhhh. Duuuu. Das Spiegelei! Auf meinen Teller! Sofort!«

»Ich mag es, wenn du so herrisch bist.« Mason balancierte es auf ihren Teller.

»Ich ...«, setzte Robyn an, wurde aber von Mason unterbrochen.

»Weißt du was?«

»Nein, aber ich hoffe, du erleuchtest mich.«

»So, wie wir uns benehmen, nimmt uns jeder ab, dass wir verheiratet sind.« Lachend schob Mason sich ein Stück Speck in den Mund.

»Das stimmt. Wir sind authentisch.« Zwischen ihnen hatte immer Vertrautheit geherrscht. Es war einfach schön. Genauso wie die Nacht. Mason war ein fantastischer Liebhaber. Robyn ertappte sich dabei, dass sie es wieder haben wollte und das erschreckte sie. Das hier war etwas Geschäftliches. Gefühle waren da fehl am Platz. Leider hielten die sich nicht an Verträge. Sie schüttelte den Kopf.

»Was ist?«

»Was meinst du?«

»Du hast den Kopf geschüttelt. Hast du ein gedankliches Selbstgespräch geführt?«

»Nein, ich hatte ein Haar im Gesicht hängen.« Wie gut, dass Mason nicht in ihren Kopf hineinsehen konnte.

»Kann mir nicht passieren. Lass dir die Haare doch abschneiden.«

»Eine gute Idee. Hier gibt es einen Friseur, oder?«

»NEIN!«

Robyn zuckte bei dem Ausbruch zusammen. »Gibt es nicht?«

»Nein. Ja.«

»Was denn jetzt?«

»Ja, es gibt einen aber nein, ich möchte nicht, dass du dir Haare abschneiden lässt.«

»Wieso das nicht?« Robyn grinste innerlich. Sie hatte gewusst, dass er dagegen war. Schon früher fand er ihre langen Haare toll. Sie war sich sicher, dass alle seine Freundinnen eine lange Mähne hatten. Er stand einfach drauf. Bei dem Gedanken an eine andere Frau in seinem Leben fühlte sie einen Stich im Herzen. Wie war das mit den Gefühlen? Wegsperren. Sofort. Das wurde ihr sonst zum Verhängnis.

»Ich mag deine Haare.«

Als Antwort grinste Robyn nur.

»Moment mal. Du hast mich veralbert. Hab ich recht? Du hattest das nicht vor?«

»Richtig.« Robyn trank einen Schluck Kaffee.

»Sag ja. Hexe.«

»Vielen Dank.«

»Kannst auf einem Besen zurückfliegen.«

»Tut mir leid, den habe ich zuhause vergessen.« Robyn sah auf das Meer hinaus. Es war ein toller Ausblick. Hier ließ es sich aushalten. Schade, dass sie nur eine Woche hatten.

»Robyn?«

»Ja?« Sie sah Mason an, der auf einmal sehr ernst aussah.

»Die letzte Nacht. Wir sollten darüber reden.«

Sie nickte.

»Es war großartig. Denke, da sind wir uns einig.«

»Ja, das war es.« Robyns Herz klopfte schneller. Sie ahnte, dass, was er ihr sagte, würde ihr nicht gefallen.

»Es war ein Ausrutscher. Das hätte nicht passieren dürfen. Ich denke, das siehst du genauso.«

»Ja, ich bin deiner Meinung.« Natürlich hatte er recht. Sie hatten sich von der Atmosphäre und vom Alkohol mitreißen lassen.

»Okay. Dann schlage ich vor, wir passen in Zukunft besser auf. Bald trennen sich unsere Wege wieder. Das führt sonst zu Problemen. Ist das okay für dich?« Er sah sie mit einem undefinierbaren Blick an.

»Natürlich.« Robyn schaffte es, ein Lächeln aufzusetzen, obwohl ihr innerlich nach Heulen zumute war. Aber sie stand das durch, hoffte sie zumindest.

30.

Robyn atmete innerlich auf, als das Flugzeug Los Angeles erreichte. Endlich war der Urlaub, der so unglaublich schön begonnen und sich zu einem Albtraum entwickelt hatte, vorbei. Seit der Nacht mit Mason fühlte sie sich leer und ein wenig wie in Watte gepackt. Es erschien ihr unwirklich, was passiert war und doch war es Realität. Sie hatten miteinander geschlafen und seitdem war für sie nichts mehr wie vorher.

Die Gefühle für Mason, die sich vorher bereits langsam eingeschlichen hatten, waren explodiert. Sie gestand es sich ungern ein, aber sie war in Mason verliebt. Genau das, was sie auf jeden Fall verhindern wollte. Nun war es passiert und sie musste mit den Konsequenzen zurechtkommen. An seiner Seite leben, in dem Wissen, dass er ihre Gefühle nicht erwiderte.

Wie nüchtern er am Morgen danach darüber gesprochen hatte. Als ob er einen Vertrag durchging und ein Geschäft abschloss. Zwar war ihre Ehe ein Deal, aber das ihm die Nacht so gar nichts bedeutete, setzte ihr zu. Für ihn war es nur Sex – für sie war es so viel mehr. Wieso hatte sie sich dazu hinreißen lassen. Verdammte Cocktails! Die benebelten das Gehirn und ließen den Gefühlen viel zu viel Raum. Sie war selbst schuld. Nun hieß es maximal ein Jahr an Masons Seite durchhalten. Es würde ein langes Jahr werden, das ihr wahrscheinlich wie ein halbes Leben vorkam.

»Robyn«, holte Mason sie aus ihren Gedanken.

»Ja?«

»Wir sind gelandet. Aussteigen, es sei denn, du möchtest hier drin übernachten.« Mason stand auf und Robyn tat es ihm gleich.

»Nein, ich habe nur an etwas gedacht.«

»An deinen neuen Job?«

»Ja. Ich freue mich darauf, endlich richtig einzusteigen.« Dankbar griff sie das Thema auf und es entsprach der Wahrheit. Sie hatte eine Aufgabe, das hielt sie vom Grübeln ab und sie war gespannt auf ihren Wirkungskreis. Larry hatte sie zwar rumgeführt und viel erklärt, aber das war nur Theorie. In der Praxis kam es meistens anders, als gedacht. »Ich hoffe, ich packe das.« Sie folgte Mason zum Kofferband.

»Daran habe ich keinen Zweifel.« Mason legte den Arm um sie und drückte sie kurz.

Robyn fühlte sich wie elektrisiert, als er sie berührte. Das Blut schoss ihr ins Gesicht und der Herzschlag beschleunigte sich. Gingen jetzt bei jeder Berührung die Hormone mit ihr durch? Sie hoffte es nicht. Sie war schon durcheinander genug.

Zum Glück war es Mason nicht aufgefallen. Er wuchtete die Koffer vom Band. Sie beeilte sich, aufzuschließen.

»Das ging flott. Bei einem vorherigen Flug schaukelte mein Gepäck als Letztes vom Band.«

»Das ist der gerechte Ausgleich.« Robyn zog ihren Koffer hinter sich her.

»Wahrscheinlich. Ich weiß nicht, wie viele Stunden ich schon an solchen Bändern verbracht habe.«

»Viele vermutlich.« Sie passierten die Zollkontrolle und sahen vor dem Ausgang Brian stehen, der auf sie wartete.

»Hey Dad. Du bist pünktlich.«

»Was für eine Begrüßung. Ich fahre gleich ohne euch«, grummelte Brian.

»Hallo Brian. Schön, dich zu sehen.« Robyn umarmte ihren Schwiegervater.

»Gleichfalls. Siehst du Sohn. So geht das. Fahren wir alleine und lassen deinen Mann hier?«

»Klar. Wo steht dein Wagen?«

»So etwas nennt sich treu sorgende Ehefrau. Womit habe ich das verdient?« Theatralisch hob Mason die Hände.

»Der moderne Mann versorgt sich selbst«, sagte Robyn.

»Wo sie recht hat ...«

»Ja, ihr habt gewonnen. Lasst uns fahren. Ich habe nachher einen Termin.« Mason sah auf die Uhr.

»In deinem Urlaub?«, fragte Brian.

»Ein privater Termin. Hat sich gestern erst ergeben.«

»Dann mal los.« Brian bedeutete, ihm zu folgen.

Robyn trottete hinter den Männern her. Dabei überlegte sie, um was für einen Termin es sich handelte. Sie wusste nichts davon, aber er war schließlich nicht verpflichtet, sie zu informieren. Trotzdem versetzte es ihr einen Stich. Sie musste sich wieder ins Gedächtnis rufen, dass es keine echte Ehe war. Seit der gemeinsamen Nacht fiel ihr das extrem schwer. Hatte sie sich vorher noch ein wenig abgrenzen können, war diese Mauer nun eingerissen. Sie verscheuchte den Gedanken. Grübeln tat ihr nicht gut.

Zwei Stunden später hatte Robyn ausgepackt und griff zum Telefon. Maja saß wahrscheinlich wie auf Kohlen, um über den Urlaub zu reden oder besser, über die eine spezielle Nacht. Sie hatte während des Urlaubs keine Gelegenheit gehabt, mit ihr zu sprechen, da Mason irgendwie ständig in der Nähe war. Auch etwas, was für ihre Gefühle nicht förderlich war. Wenn man das Objekt der Begierde ständig in Reichweite hatte, fiel es schwer, einen klaren Gedanken zu fassen.

Nach dem zweiten Klingen nahm Maja ab.

»Endlich.«

»Ich habe dich auch lieb«, sagte Robyn. Typisch Maja. Sie kam gleich zur Sache.

»Erzähl und lass keine Einzelheit aus. Ich will alles wissen.«

»Okay, es war so ...« Robyn berichtete, was sich in dieser Nacht ereignet hatte und als sie endete, war das Erste, was sie hörte – Lachen. Maja schnappte hörbar nach Luft.

»Was ist daran so komisch?«

»Die ... Gummis. Habt ihr die wirklich ... beim Zimmerservice geordert?«

Robyn verdrehte die Augen. Vielleicht hätte sie das weglassen sollen, aber Maja wollte ja unbedingt alles wissen. Ein Lacher war die Geschichte auf jeden Fall. Nur blöd, dass man das nicht auf einer Dinnerparty erzählen konnte. Das wäre eine nette Story, zwischen zwei Gläsern Sekt. Sie grinste. Irgendwie hatte das was.

»Das ist so genial.«

»Ja, das ist es. Aber sag mir lieber, was ich jetzt tun soll.« Robyn ließ sich aufs Bett fallen. »Ich liebe ihn und er mich nicht. Punkt. Das sind die Fakten.«

»Ich wünschte, ich hätte einen Rat für dich.« Maja klang betrübt.

»Das wünschte ich auch.«

»Eigentlich kannst du nichts tun. Außer es aussitzen. Also, bis die Ehe geschieden wird.«

»Ich glaube, das ist meine einzige Option.«

»Leider. Ich würde dir gerne helfen. Unerwiderte Liebe tut weh.«

»Ja, das erlebe ich gerade am eigenen Leib. Ich muss das Beste daraus machen. Nützt alles nichts.«

»Du schaffst das. Wenn du es gar nicht mehr aushältst, kommst du ein paar Tage zu mir, um Abstand zu gewinnen.«

»Danke. Du bist die Beste. Ich komme auf das Angebot zurück.«

»Das hoffe ich doch.«

»Ich ... oh, da kommt ein Anruf rein.«

»Kein Problem. Ich muss los zur Arbeit. Halt die Ohren steif.«

»Mache ich.« Robyn beendete das Gespräch und nahm das andere an.

»Hey Mason. Was gibt es?«

»Ich wollte nur sagen, bei mir wird es heute spät. Warte nicht mit dem Essen auf mich.«

»Oh. Okay. Danke. Dann weiß ich Bescheid.«

»Wir sehen uns morgen.«

»Bis morgen.« Robyn legte auf und warf das Telefon aufs Bett. Wo war er hingefahren?

31.

»Guten Morgen«, sagte Mason, als er die Küche betrat.

»Guten Morgen. Möchtest du Kaffee?« Robyn stand auf, um ihm einen Becher zu holen.

»Gerne. Die Nacht war kurz.« Gähnend setzte er sich an den Tisch.

Schweigend goss Robyn Kaffee ein. Es brannte ihr unter den Nägeln, zu erfahren, wo er gestern gewesen war. Vor allem, was er bis in die Nacht dort getrieben hatte. Gegen zwei Uhr morgens hatte sie seinen Wagen gehört und anschließend ihn, wie er an ihrer Tür vorbeiging. Ob er bei einer anderen Frau war? Die Frage hatte sie die halbe Nacht wachgehalten. Ein Gähnen unterdrückend stellte sie die Tasse vor Mason ab und setzte sich ihm gegenüber.

»Danke. Das tut gut.« Mason trank einen Schluck. »Was hast du heute geplant?«

Robyn zuckte die Schultern. Darüber hatte sie sich noch keine Gedanken gemacht.

»Hast du Lust, deine Rollerblades einzuweihen? Wir könnten die Promenade unsicher machen und den letzten Urlaubstag nutzen.« Mason schlug die Beine übereinander und die Zeitung, die auf dem Tisch lag, auf.

»Ich bin dabei.« Robyn leerte die Tasse und schob sich das letzte Stück Brot in den Mund. Sie überlegte, wie sie ihm etwas über die Nacht entlocken konnte. Leider fiel ihr nichts ein.

»Habe ich einen Fleck auf der Nase?«, fragte Mason, ohne von der Zeitung aufzusehen.

»Wieso?«

»So, wie du mich anstarrst.« Grinsend faltete er die Zeitung.

»Sorry.« Robyn senkte den Blick.

»Ach was. Ist doch nicht schlimm. Fiel mir nur auf.« Er stand auf. »Treffen wir uns in einer halben Stunde am Wagen? Ich muss vorher noch telefonieren.«

»Ich werde da sein.«

»Bis gleich. Ich freue mich.« Mason verließ die Küche und Robyn griff missmutig nach der Zeitung, die sie im Altpapierkorb versenkte.

Sie ging die Treppe hinauf, um sich etwas Sportliches anzuziehen. Auf dem Flur hörte sie Masons Stimme, der telefonierte. Ohne es zu wollen, hörte sie, was er sagte und dabei zog sich ihr Magen unangenehm zusammen.

»Ja, die Nacht war schön. Ich war gerne bei dir.« Masons Lachen war weich und liebevoll.

Robyn rannte, aus Angst, noch mehr zu hören, in ihr Zimmer. Sie knallte die Tür hinter sich zu und lehnte sich dagegen. Sie versuchte, ein Schluchzen zu unterdrücken, aber es fand seinen Weg. Sie schloss die Augen und rutschte an der Tür hinunter. Dort blieb sie wie ein Häufchen Elend sitzen. Sie fühlte sich nicht in der Lage, aufzustehen.

Ihr Instinkt hatte sie nicht getrogen. Mason war die Nacht bei einer Frau gewesen. Seine Worte brannten sich in ihr Gehirn. Sie hatte es nicht wahrhaben wollen. Tief in ihr war die Hoffnung, dass er etwas für sie empfand. Dieses Fünkchen war nun verloschen. Mason nahm sein Junggesellenleben wieder auf. Wahrscheinlich konnte er den Tag der Scheidung kaum erwarten. Daraus resultierte auch der Vorschlag, sobald es sich ergab, seinen Eltern alles zu beichten. Damit er wieder frei war. Er tat zwar, was ihm gefiel, aber das musste diskret geschehen.

Wie elektrisiert schoss ihr Kopf hoch. Ihr kam ein Gedanke. Das würde er nicht tun? Eine Frau hierher mitbringen und sie nebenan ...? Nein, das tat er nicht. Oder doch? Sie wusste es nicht und gleich verknotete sich ihr Gehirn. So viele Gedanken wirbelten durcheinander, ohne dass sie einen zu fassen bekam.

Robyn schreckte auf, als es klopfte.

»Bist du fertig?«

»Ja, sofort.« Sie sprang auf und wischte sich die Tränen vom Gesicht.

»Stehst du hinter der Tür?« Mason klang verwirrt.

»Komm rein.« Schnell ging sie zum Kleiderschrank.

»Hast du hinter der Tür gewartet?«

»Zufall. Ich kam gerade dort vorbei.« Sie zog wahllos ein Oberteil aus dem Kleiderschrank. »Ich ziehe mich um.«

»Das willst du anziehen?« Erstaunt musterte Mason den dicken Wollpullover mit dem Schneemann darauf.

Du dumme Nuss schalt sie sich innerlich. Wie sah das denn aus? »Ich habe mich vergriffen.« Sie stopfte den Pullover zurück und nahm ein T-Shirt heraus.

»Da hättest du schön geschwitzt. Ich warte am Wagen.« Grinsend verließ Mason das Zimmer und Robyn schleuderte das Shirt wütend auf den Boden.

Sie war sauer auf sich, auf Mason und auf die unbekannte Frau, die ihr den Mann stahl. Nein, das war verkehrt. Sie waren kein Paar. Sie waren keins! Sie hatte kein Anrecht auf Mason. Die gemeinsame Nacht bedeutete ihm nichts. Gar nichts. Es war nur unverbindlicher Sex für ihn gewesen. Wie er ihn schon mit vielen Frauen vor ihr hatte. Verdammt, wann kapierte ihr Herz das endlich? An Brians Aussage mit dem Frauenhelden schien etwas dran zu sein, wenn es Martha auch verneinte. Vielleicht wusste sie es nicht oder wollte ihren Chef nicht in Verlegenheit bringen, wofür sie Verständnis hatte.

Traurig hob sie das Shirt auf und zog sich um. Gleich ein Lächeln aufsetzen und so zu tun, als wäre alles in bester Ordnung, fiel ihr schwer. Aber da musste sie durch. Sie hatte sich dafür entschieden. Selbst schuld.

Mit den Rollerblades ging sie hinunter zum Auto und schaffte es tatsächlich, zu lächeln, als Mason in Sichtweite kam.

»Mit dir habe ich noch nicht gerechnet«, sagte Mason.

»Was meinst du?«

»Du warst so schnell.«

»Ich habe nur das Shirt gewechselt.« Robyn gab Mason die Rollerblades, die er im Kofferraum verstaute.

»Na ja, Frauen brauchen immer so lange.« Grinsend schloss er den Kofferraum.

»Nicht alle«, antwortete Robyn kühl. Automatisch schoben sich wieder Gedanken von Mason mit anderen Frauen ins Bild.

»Sorry. Ich wollte dir nicht zu nahe treten.« Mason lächelte verlegen.

»Schon gut. Es stehen halt nicht alle stundenlang vor dem Spiegel oder brauchen Jahre, um sich umzuziehen.« Robyn stieg ins Auto.

»Das hast du auch nicht nötig«, sagte Mason beim Einsteigen.

»Was meinst du damit?« Misstrauisch sah sie ihn an.

»Du bist von Natur aus wunderhübsch. Ich finde dich auch direkt nach dem Aufstehen unwiderstehlich.« Mit einem Zwinkern ließ Mason den Motor an.

»Danke.« Robyn spürte den Kloß im Hals. Sie hoffte, Mason dehnte das Thema nicht weiter aus. Dann bekam sie eine Heulattacke.

Zum Glück ließ er es darauf beruhen und Robyn hatte Zeit, sich zu sammeln. Durch die Spiegelung im Seitenfenster beobachtete sie Mason während der Fahrt und wünschte sich nur eins – die Gefühle für ihn abschalten zu können.

32.

Nach einer unruhigen Nacht fuhr Robyn gegen neun Uhr in die Firma, um den neuen Job anzutreten. Mason war bereits aus dem Haus, was ihr entgegenkam. Wenn er im Raum war, ertappte sie sich, dass sie ihn oft anstarrte und es ihr schwerfiel, sich auf etwas zu konzentrieren. Kein Wunder, wenn die Gefühle in Endlosschleife Achterbahn fuhren.

Sie stellte den Wagen auf ihrem Parkplatz ab. Auf dem Schild stand ihr Name, was sie gewöhnungsbedürftig fand. In ihrem alten Job stand der Name auf ihrer Kleidung – jetzt am Parkplatz. Letzteres gefiel ihr eindeutig besser.

»Guten Morgen Frank«, grüßte sie beim Betreten des Gebäudes.

»Guten Morgen Mrs Stone. Ich wünsche Ihnen einen angenehmen und erfolgreichen Tag.« Frank nickte ihr wohlwollend zu. Er hatte etwas Tröstliches an sich. Fast wie ein Großvater, der einem ein Bonbon zusteckte, bevor man den ersten Schultag meisterte.

»Danke, das wünsche ich Ihnen auch.« Robyn nahm den Fahrstuhl und stand kurz darauf vor ihrem Büro. Bevor sie eintrat, sammelte sie sich, obwohl das unsinnig war – keiner wartete dort drin auf sie. Aber es gab ihr ein gutes Gefühl.

Robyn öffnete die Tür, legte die Handtasche ab und setzte sich. Ein wenig unsicher sah sie im Büro umher. Larry hatte ihr vor der Hochzeit alles gezeigt, aber das schien Lichtjahre her zu sein oder in einem anderen Leben stattgefunden zu haben. Was erwartete man heute von ihr? Sie wusste es nicht, also startete sie zuerst den PC. Vielleicht war etwas im Kalender vermerkt.

Bevor der PC hochgefahren war, klopfte es.

»Herein.«

»Guten Morgen«, sagte Larry beim Betreten des Büros. »Wie waren die Flitterwochen?«

»Fantastisch.« Robyn freute sich, Larry zu sehen. Sie fühlte sich direkt nicht mehr so verloren.

»Das höre ich gerne. Bereit, dich auf die Arbeit zu stürzen?«

»Aye.« Robyn salutierte.

»Ich sage ja, du passt hier gut rein.« Larry grinste. »Du passt perfekt zu Mason.«

»Ja, das stimmt.« Wie gut, dass er die Wahrheit nicht kannte. Larry würde wohl aus allen Wolken fallen.

»Habt ihr Lust, übernächste Woche zum Barbecue zu uns zu kommen? Wir veranstalten einen kleinen Grillabend.«

»Gerne. Ich frage Mason und gebe dir Bescheid.«

»Wenn er ablehnt, komme ich persönlich vorbei, um ihn zu holen.«

»Ich werde es ausrichten.« Robyn rief den Kalender auf, der sich gänzlich leer präsentierte. »Larry?«

»Ja?«

»Ich ... habe keine Ahnung, was ich zu tun habe.« Verlegen sah sie ihn an.

»Kein Grund, sich zu schämen. Glaube mir, am Ende der Woche wirst du froh sein, wenn du ins Wochenende starten kannst und keine Spiele mehr sehen musst.« Lachend hielt Larry die Tür auf. »Folge mir. Ich fülle deinen Arbeitstag.«

Erleichtert sprang Robyn auf und folgte Larry, gespannt, was der Tag brachte.

»Robyn, meine Liebe.« Brian betrat das Testzimmer, in dem Robyn mit drei anderen, ein Spiel auf Herz und Nieren prüfte.

Larry hatte ihren Tag, wie versprochen, bis zum Anschlag mit Arbeit gefüllt und es bereitete ihr großen Spaß, mit den Kollegen Spiele zu testen und zu besprechen. Dabei diskutierten sie sich die Köpfe heiß und die Zeit flog nur so dahin.

»Hallo Brian«, antwortete Robyn, ohne den Blick vom Bildschirm zu nehmen. »Ich bin gleich für dich da.«

»Kein Stress. Ich habe Zeit.«

»Es muss schön sein, Boss zu sein«, sagte Mindy, eine der Testerinnen mit einem verschmitzten Grinsen.

»Natürlich ist es das.« Brian ließ sich auf einem Stuhl nieder.

Robyn schätzte die lockere Art, mit der Brian sein Unternehmen führte. Woanders wäre Mindy für diese Bemerkung vielleicht gefeuert worden.

»So. Fertig. Ich setze aus, macht solange ohne mich weiter«, sagte Robyn zu den anderen und an Brian gewandt. »Ich bin ganz dein.«

»Lieb das Angebot, aber ich glaube, da hat Ellen was dagegen.« Über seinen eigenen Witz lachend stand er auf und bedeutete Robyn, ihm zu folgen.

»Ich möchte dich gerne einigen Leuten vorstellen.« Brian schloss die Tür hinter ihnen.

»Wem denn?« Robyn folgte ihm zum Aufzug, mit dem sie in den obersten Stock fuhren, wo das Reich von Brian und Mason sich befand.

»Einigen Geschäftspartnern.«

Die Türen öffneten sich und Brian führte sie durch die Gänge, zu einem lichtdurchfluteten Raum, der für Konferenzen genutzt wurde. Am Tisch und an den Fenstern standen einige Leute, die sie neugierig ansahen.

»Werde ich mit denen zusammenarbeiten?«, fragte Robyn.

»Nein. Ich gebe nur mit dir an.« Brian grinste breit und ehe Robyn etwas erwidern konnte, betraten sie den Raum.

»Guten Tag meine Damen und Herren. Ich freue mich, dass Sie sich Zeit nehmen, um uns heute zu besuchen. Wie versprochen, möchte ich Ihnen unseren Familienzuwachs vorstellen.« Er legte den Arm leicht um Robyns Schulter, die sich vorkam, wie im Zoo. Fehlte nur, dass ihr jemand eine Banane anbot.

»Das ist meine bezaubernde Schwiegertochter, Robyn. Sie und mein Sohn Mason haben Anfang des Monats geheiratet und sie leitet die Testabteilung für die Spiele.«

»Guten Tag zusammen«, sagte Robyn. Sie fühlte sich leicht unwohl.

»Freut mich sehr Robyn.« Ein Mann in ihrem Alter trat vor und schüttelte ihr die Hand. »Brian hat nicht übertrieben.«

»Womit?«

»Sie sind bezaubernd.«

»Danke.« Verdutzt sah Robyn ihn an.

»Dem schließe ich mich an«, sagte der nächste Mann, den Robyn bestimmt auf fast neunzig schätzte.

»Ich mag Ihre Schuhe.« Die Frau, ganz in Rosa sah begehrlich auf ihre Pumps.

»Welche Schuhgröße haben Sie?«

»Achtunddreißig.«

»Möchten Sie sie haben?« Die Schuhe trug Robyn heute zum ersten Mal und das Laufen darin fiel ihr schwer, da sie viel zu klein ausfielen für neununddreißig.

»Ist das Ihr Ernst?« Die Frau starrte sie mit offenem Mund an.

»Ja klar.« Robyn zog die Pumps aus und drückte sie der verdutzten Frau in die Hand.

»Vielen Dank. Sie sind toll. Also Sie und die Schuhe.« Verzückt probierte sie sie an. »Sie sitzen wie angegossen.«

»Das freut mich.«

»Du bist toll«, sagte Brian leise zu ihr. »Besser hätte es Mason nicht treffen können.«

Robyn nickte lächelnd. Das war heute bereits der Zweite, der ihr das sagte. Schade, dass die Wirklichkeit anders aussah.

33.

Robyn lief die Treppe hinunter in die Küche. Der Duft von frisch aufgebrühtem Kaffee hatte sie aus dem Bett getrieben. Obwohl sie sich fest vorgenommen hatte, heute länger zu schlafen. Mit so einer verführerischen Duftnote um die Nase schaffte sie es nicht, liegen zu bleiben.

»Guten Morgen«, begrüßte sie Martha, die am Herd stand und Rührei zubereitete.

»Guten Morgen Robyn.«

»Oh. Speck.« Robyn stibitzte sich eine krosse Scheibe, die bereits ausgebraten auf dem Tisch standen und sie anlachten.

»Lassen Sie es sich schmecken. Kaffee?«

»Ich nehme mir welchen. Bewachen Sie weiter das Rührei.« Robyn setzte sich mit einer Tasse Kaffee an den Tisch.

»Sie haben sich gut eingelebt.« Martha schaufelte Ei auf einen Teller, den sie vor Robyn abstellte. »Essen Sie, solange es heiß ist.«

Robyn nahm die Gabel. »Ja, es gefällt mir hier.« Die Hochzeit lag erst einige Wochen zurück, aber Robyn erschien es wie eine Ewigkeit. Das Leben in den Hills gefiel ihr. Genauso wie ihr Job. Es machte ihr so viel Spaß, dass es fast unheimlich war, wie gerne sie zur Arbeit ging. Die Arbeit an den Spielen war wahnsinnig interessant und die Kollegen alle nett. Sie wusste, davon wieder Abschied zu nehmen, würde ihr schwerfallen. Erschreckend, wie schnell man sich an ein neues Leben gewöhnte.

Mit Mason verstand sie sich nach wie vor super. Sie lagen auf einer Wellenlänge. Die eine Nacht hatte keiner von beiden mehr angesprochen und Mason war seitdem darauf bedacht, dass es nicht zu unnötigem Körperkontakt kam. Kein Wunder, hatte er ja anscheinend bereits eine neue Frau, die wahrscheinlich ihren Platz einnahm, wenn die Scheidung durch war.

Robyn wusste, dass er gelegentlich zu ihr fuhr. Meistens musste er nach einem Telefonat plötzlich weg und kam erst Stunden später zurück. Er sagte nie, wo er gewesen war, aber sie war nicht doof. Sie bekam das mit, auch wenn er es nicht bemerkte.

Sie zerbrach sich den Kopf darüber, wieso er sie nicht wegen der Ehe gefragt hatte. Die wahrscheinlichste Antwort war, dass er sie erst später kennengelernt hatte. Eine andere Erklärung kam nicht infrage. Sonst ergab das keinen Sinn.

»Nicht nur im Teller stochern, sondern essen«, sagte Martha.

Robyn schreckte hoch. »Entschuldigung. Ich war in Gedanken.« Sie schob sich eine Gabel Rührei in den Mund, ohne es wirklich zu schmecken.

»Das habe ich gesehen. Grübeln Sie nicht zu viel. Manche Dinge kann man nicht ändern.«

»Das stimmt.«

»Jedenfalls nicht durch Grübeln.« Martha packte die Pfanne in die Spülmaschine.

»Guten Morgen die Damen.« Schnuppernd betrat Mason die Küche. »Hier riecht es köstlich.« Er setzte sich Robyn gegenüber, die auch fand, dass es fantastisch roch. Nach Masons Aftershave. Sie liebte diesen Duft.

»Guten Morgen.« Robyn zwang sich, den Blick abzuwenden, sie starrte ihn eh viel zu oft an. Ein Wunder, dass es ihm noch nicht aufgefallen war.

»Begleitest du mich gleich?«

»Wohin?«

»Eine Kleinigkeit besorgen. Heute Abend ist Larrys Barbecue.«

»Klar. Gerne.« Sie freute sich darauf. Larrys Frau Holly kannte sie bereits von einem Besuch in der Firma. Sie hatten direkt einen Draht zueinander, worüber Robyn sich freute. Ihr fehlte hier eine Freundin. Sie hoffte, in Holly eine zu finden.

»Fahren wir nach dem Frühstück?« Mason schaufelte eine Portion Ei in den Mund und schob zwei Speckstreifen hinterher.

»Einverstanden.«

»Nicht so schlingen«, tadelte Martha. »Niemand nimmt Ihnen etwas weg.«

»Ich weiß ja nicht. Robyn ist extrem verfressen.«

»Ey. Nett.« Robyn klaute ihm den letzten Speck vom Teller. »So.«

»Sehen Sie Martha. Ich habe es ja gesagt.«

»Ich wollte nur deine Theorie untermauern.« Robyn stand auf. »Los. Wir fahren.«

»Sklaventreiber.« Mason sprang vom Stuhl und trank den Kaffee im Stehen aus.

»Geben Sie her.« Martha nahm ihm den Becher ab.

»Danke. Bis später.«

»Bis nachher Martha.« Robyn winkte ihr und verließ mit Mason im Schlepptau die Küche. Das Herumalbern würde sie ebenfalls vermissen.

***

Mason parkte den Wagen vor einem Haus, das von einem weitläufigen Garten umschlossen war.

»Wir sind da.«

Robyn stieg aus und sah Larry auf sie zulaufen.

»Klasse, dass ihr da seid.« Er umarmte Robyn.

»Ich freue mich über die Einladung.«

»Holly wartet auf dich. Sie kann es kaum erwarten, dich herumzuführen. Kommt mit.«

Sie folgten Larry ins Haus, der sie in den Garten führte.

»Robyn. Schön, dich wiederzusehen.« Holly umarmte Robyn.

»Ich freue mich auch.«

»Soll ich dir das Haus zeigen?«

»Gerne.«

»Wir lassen euch alleine. Finger vom Essen, bis wir zurück sind.« Mahnend hob Holly den Zeigefinger.

»Ob das hilft?«, fragte Robyn lachend.

»Ich hoffe es zumindest.« Holly führte Robyn einmal quer durchs Haus, bis sie vor einer Tür im ersten Stock stehen blieb.

»Das Zimmer haben wir letzte Woche renoviert und neu eingerichtet.« Holly strahlte übers ganze Gesicht und Robyn war gespannt, was an dem Raum so besonders war.

Als Holly die Tür öffnete, wusste sie, was los war.

»Herzlichen Glückwunsch.« Robyn umarmte Holly, die ein wenig schluchzte.

»Sorry. Seit der Schwangerschaft bin ich schrecklich nah am Wasser gebaut. Für alles und jedes fange ich an zu heulen.«

»Das sind die Hormone.« Robyn bestaunte das wunderschön eingerichtete Kinderzimmer. »Darf ich fragen, wie weit du bist?«

»Im vierten Monat.« Holly strich sich über den Bauch. »Viel sieht man noch nicht, dabei kann ich es kaum erwarten, die Schwangerschaftssachen anzuziehen.«

»Verständlich. Du hast das Bedürfnis, es jedem mitzuteilen.«

»Ganz genau. Ich platze vor Glück.«

»So muss es sein.« Sie freute sich für Holly, fühlte aber einen kleinen Stich, da sie nie Kinder mit Mason haben würde. Eigentlich schade. Er wäre ein toller Vater, da war Robyn sich sicher.

»HOLLY. ROBYN. WIR HABEN HUNGER«, hörten sie die Männer zweistimmig rufen.

Holly öffnete das Fenster. »Wir kommen ja schon.«

»Gehen wir hinunter, damit sie nicht verhungern.« Robyn sah sich ein letztes Mal um und seufzte innerlich. Wie es wohl wäre, ein Baby mit Mason zu haben? Schnell verscheuchte sie den Gedanken und folgte Holly in den Garten.

34.

»Sie haben die Eier ja gar nicht angerührt.« Martha setzte sich Robyn gegenüber. »Ist alles okay?«

»Ja, mir ist nur ein wenig übel auf dem Magen.« Robyn bereute es, die ganze Tafel Schokolade gestern gegessen zu haben. Das war die Rache. Heute Morgen hatte sie sich übergeben müssen. Alleine der Gedanke an Schokolade trieb ihr im Moment Schweißperlen auf die Stirn.

»Sie werden doch nicht krank?« Martha sah besorgt aus.

»Nein. Ich habe nur zu viel genascht.«

»Möchten Sie einen Tee?«

»Das ist lieb von Ihnen. Aber es geht schon. Ich esse den Toast und fahre zur Arbeit.« Robyn nahm die trockene Scheibe vom Teller und stand auf. »Esse ich unterwegs. Ich bin spät dran.« Sie biss einmal ab.

»Ich koche eine Hühnersuppe. Das tut Ihnen gut und beugt vor, falls Sie etwas ausbrüten.« Martha notierte die Zutaten auf einem Zettel. »Ich fahre gleich einkaufen.«

»Das ist doch nicht nötig.« Robyn wollte nicht, dass Martha sich ihretwegen Umstände machte.

»Keine Widerrede«, wischte Martha den Einwand zur Seite.

»Danke. Sie sind die Beste.«

»Besser wäre es, Sie blieben zuhause, um sich zu schonen.«

»So schlecht geht es mir nicht.«

»Wenn es sich verschlimmert, kommen Sie zurück.«

»Versprochen.« Robyn fand es süß, wie Martha sie umsorgte. Sie war viel mehr, als eine Haushälterin. Sie war froh, dass sie da war, so ließ sich auch mal ein Frauengespräch führen. Martha hatte immer ein offenes Ohr für ihre Sorgen.

»Fahren Sie vorsichtig.«

»Natürlich.« Robyn sah auf die Uhr. »Ich muss los.« Sie klemmte sich die Toastscheibe zwischen die Lippen, schnappte sich die Handtasche, kramte den Autoschlüssel heraus und stürzte aus der Tür.

Eine halbe Stunde später betrat sie ihr Büro, in dem zu ihrer Verwunderung Mason auf sie wartete.

»Was machst du hier?« Robyn schloss die Tür.

»Martha hat mich angerufen. Sie sagte, dir geht es nicht gut.« Mason sah sie besorgt an.

Robyn atmete tief ein. Vorsorge war schön, aber das fand sie übertrieben. Hetzte Martha ihr tatsächlich Mason auf den Hals. »Martha übertreibt. Ich habe mir nur ein wenig den Magen verdorben.« Sie legte die Tasche weg und als sie sich umdrehte, stand Mason hinter ihr. Instinktiv wollte sie einen Schritt zurückweichen, aber der Schreibtisch bremste sie aus. Also blieb sie notgedrungen stehen. Sie spürte Masons Atem auf ihrem Gesicht und er stand so dicht vor ihr, dass sie seine Körperwärme spürte. Hitze schoss ihr in die Wangen. Ihre Gedanken wanderten in eine nicht jugendfreie Richtung. Wie gerne würde sie sich umdrehen, über den Schreibtisch lehnen und Mason ...

»Du bist ganz rot im Gesicht«, holte Mason sie aus ihren Gedanken.

»Mir ist warm.«

»Du hast Gänsehaut.« Er strich mit den Fingern über ihren Unterarm und die Härchen stellten sich noch mehr auf.

Dass es nur seine Anwesenheit war, warum ihr Körper austickte, konnte sie schlecht eingestehen. »Ich habe meine Tage.« Bei dem Thema gingen Männer sofort auf Distanz. Tja, bis auf Mason. Der sah sie prüfend an.

»Davon bekommt man Gänsehaut? Das habe ich noch nie gehört.«

»Jeder Körper reagiert anders. Wenn du mich entschuldigst.« Sie schob sich seitwärts an ihm vorbei und flüchtete hinter den Schreibtisch, wo sie sich auf den Stuhl fallen ließ. »Ich habe zu arbeiten. Du nicht auch?«

»Willst du mich loswerden?«

»Ja.«

Mason nickte anerkennend. »Damit habe ich nicht gerechnet.«

»Sehr gut. Dann raus mit dir.« Robyn wedelte mit der Hand, in der Hoffnung, dass er endlich ging.

Stattdessen hockte er sich auf die Schreibtischkante.

»Was ist denn noch?«

»Geht es dir wirklich gut?« Sein Blick drückte Besorgnis aus.

»Ja. Ich habe mir den Magen verdorben. Mehr nicht.«

»Okay. Wenn es nicht besser wird, sag Bescheid. Dann bringe ich dich nach Hause.« Mason stand auf, aber statt zu gehen, legte er die Hand auf Robyns Stirn. »Fieber hast du keins.«

Die Berührung fuhr Robyn bis ins Mark. Sie reagierte inzwischen so stark auf Mason, dass sie sie sich selbst dafür verwünschte. Es verkomplizierte alles.

»Mache ich und jetzt raus.« Sie zeigte zur Tür.

»Okay. Essen wir gemeinsam zu Mittag?«

»Gerne.«

»Passt dir dreizehn Uhr?«

»Ja. Treffen wir uns in der Kantine?«

»Deal. Bis nachher.« Mit einem letzten Blick auf Robyn verließ Mason das Büro.

Als die Tür hinter ihm ins Schloss fiel, legte Robyn den Kopf auf den Schreibtisch. Was für ein Morgen.

Um Punkt dreizehn Uhr betrat Robyn die Kantine und ließ den Blick über die Tische schweifen, bis sie Mason an seinem Lieblingstisch sah.

Sie winkte ihm kurz zu und stellte sich an der Essensausgabe an. Während die Kollegen vor ihr bedient wurden, musterte sie das Angebot und stellte erfreut fest, dass es Lasagne gab. Eins ihrer bevorzugten Gerichte.

Mit der Lasagne und einer Soda setzte sie sich zu Mason an den Tisch.

»Mahlzeit.« Sie wickelte das Besteck aus der Serviette.

»Wie geht es dir?«

»Blendend. Was isst du?« Auf Masons Teller lag etwas Undefinierbares.

»Tote Oma.«

»Wie bitte?« Verblüfft sah sie ihn an.

»Das ist ein deutsches Gericht. Schmeckt besser, als es aussieht.«

»Das hoffe ich.« Eine braune Masse, die Robyn an ein frisches Häufchen erinnerte, vereinte sich mit Kartoffelbrei. Daneben stand eine Schale Apfelmus.

»Möchtest du probieren?« Mason hielt ihr die Gabel hin.

Robyn zuckte zurück. Der Geruch und der Anblick verursachte bei ihr Übelkeit. Wie Mason das hinunter bekam, war ihr unbegreiflich. Abwehrend hob sie die Hände. »Nimm das bitte weg. Es riecht entsetzlich.« Sie war kurz davor, sich die Nase zuzuhalten.

»Sorry.« Mason zog die Gabel zurück und Robyn atmete erleichtert auf.

»Danke.«

»Tut mir leid.«

»Was ist das Braune überhaupt?«

»Blutwurst. Aufgelöst.«

»Ist da ... Blut drin?« Robyn schluckte und auf ihrer Stirn bildeten sich Schweißperlen.

»Ja.«

»Entschuldige mich.« Robyn sprang auf und rannte zu den Waschräumen, wo sie sich übergab.

35.

»Ich möchte, dass du zum Arzt fährst.« Mason musterte Robyn mit besorgtem Blick. Ihm gefiel nicht, wie sie aussah. Blass um die Nase und vorhin hatte sie sich übergeben.

»Nein. Mir geht es wieder gut«, winkte Robyn ab. »Das war nur die Vorstellung, was du da isst.« Sie vermied es, das Wort auszusprechen, aus Furcht, dass erneut Übelkeit in ihr aufstieg.

»Bist du sicher?«

»Ja. Zu hundert Prozent.« Robyn sah auf den Bildschirm, in der Hoffnung, Mason ließ sie alleine.

»Na gut. Aber wenn du dich erneut übergibst, fahre ich dich zum Arzt.«

»Einverstanden.«

»Ruf mich dann an.«

»Mache ich. Raus jetzt.« Robyn wedelte mit der Hand.

»Nur unter Protest.« Mit einem letzten besorgten Blick verließ Mason das Büro.

Aufatmend ließ Robyn sich nach hinten fallen. Endlich war er weg. Irgendwie fand sie es süß, wie besorgt er um sie war. Ein Lächeln stahl sich auf ihr Gesicht. Aber das hieß nichts. Sie waren beste Freunde, da sorgte man sich um den anderen.

Sie hoffte, dass ihr Magen nun leer war. Sie fühlte sich auf jeden Fall wieder gut und widmete sich der Arbeit.

***

»Die Suppe ist köstlich.« Satt und zufrieden schob Robyn den Teller ein Stück weit von sich weg. Martha war eine fantastische Köchin.

»Vielen Dank.« Martha räumte den Tisch ab.

»Verraten Sie mir das Rezept?«

»Da beißt du dir die Zähne dran aus«, sagte Mason. »Meine Mutter hat mehrmals erfolglos versucht, es ihr zu entlocken. Keine Chance.«

»Oh.« Robyn guckte enttäuscht. Das hätte sie zu gerne gehabt. Zwar wusste sie, wie man Hühnersuppe kochte, aber Marthas schmeckte um Welten besser.

»Es ist ein altes Familiengeheimnis. Meine Mutter hat es von ihrer Mutter bekommen und diese von ihrer.«

»Dann ist es schon einige Generationen alt.« Robyn war beeindruckt. Von ihrer Mutter hatte sie ein Rezept, für eine Truthahnfüllung bekommen. Anfangs hatte sie gedacht, es wäre ein Familienrezept, bis sie es über Google gefunden hatte. Genau da hatte ihre Mutter es her. Schade, das mit dem Generationenrezept fand sie viel schöner.

»Oh ja. Aber vielleicht verrate ich es Ihnen.« Ohne eine Miene zu verziehen, räumte Martha die Spülmaschine ein.

»Das wäre wundervoll.« Robyn sprang auf und umarmte Martha, die von dem Gefühlsausbruch sichtlich gerührt war.

»Sie sind fast wie eine Tochter für mich.«

»Und was bin ich?«, fragte Mason grummelnd.

»Na, keine Tochter, so viel steht fest.« Robyn zog eine Grimasse.

»Nun weiß ich endlich, dass ich ein Junge bin.« Mason streckte ihr die Zunge heraus.

»Sehen Sie, das mag ich an Ihnen beiden. Sie sind nicht erwachsen geworden, sondern haben das Kind in sich bewahrt. Das gelingt nicht vielen. Die Meisten verlernen es. Aber man kann nie genug lachen im Leben.« Martha tätschelte Robyn die Wange.

»Da haben Sie recht.« Mason stand auf und umarmte die verdutzte Martha ebenfalls.

»Gruppenkuscheln«, rief Robyn und schlang einen Arm um Mason, den anderen um Martha.

»Ich weiß, wieso ich gerne hier arbeite. Ich fühle mich als Teil der Familie. Nicht, wie eine Angestellte.« Martha wischte sich eine Träne aus dem Augenwinkel.

»Genau das sind Sie auch. Ein Familienmitglied.« Mason drückte sie fest.

»Genug mit den Sentimentalitäten.« Entschlossen löste Martha sich, wischte mit dem Ärmel über die Augen und widmete sich eifrig der Spülmaschine. »Gehen Sie ins Wohnzimmer. Ich bringe gleich Kaffee und Tee. Danach fahre ich nach Hause.« Martha scheuchte die beiden aus der Küche.

»Sie ist ein solcher Schatz.« Robyn setzte sich aufs Sofa und zog die Füße hoch.

»Ich bin froh, dass ich sie habe.«

»Verständlich.«

»Wie geht es dir?« Mason setzte sich ihr gegenüber.

»Gut.«

»Keine Übelkeit mehr über den Tag?«

Robyn schüttelte den Kopf.

»Auch nicht mehr erbrochen?«

»Nein Dr. Stone. Alles in Ordnung.« Robyn fühlte sich wieder topfit. Dass man sich an einer Tafel Schokolade so den Magen verderben konnte, hätte sie nicht gedacht. Die rührte sie in der nächsten Zeit lieber nicht mehr an. Vielleicht half es, nicht gleich die komplette Tafel zu verschlingen. Aber sie hatte gestern darauf so einen Heißhunger gehabt, das war schon unheimlich. Heute verspürte sie keinen Drang danach. Eher das Gegenteil. Wenn sie daran dachte, erneut eine Tafel ... Nein, den Faden spann sie nicht weiter, denn sie spürte leichtes Unbehagen im Bauch.

»Dann hast du dir wirklich nur den Magen verdorben.«

»Das denke ich auch.«

»Im Schrank liegen noch einige Tafeln von der Schokolade. Die entsorge ich vorsichtshalber. Man muss das Schicksal ja nicht herausfordern.«

»Ach was. Die wird in Ordnung sein. Es war nur zu viel.«

»Fresssack.«

»Danke.«

»Das war kein Kompliment.«

»Es klang aber wie eines.« Robyn rollte sich auf dem Sofa zusammen. Das war ihr Lieblingsplatz. Von hier aus sah sie durch die Terrassentür auf Los Angeles herunter. Ein Anblick, den sie schmerzlich vermissen würde, wenn es vorbei war.

»Ihre Getränke.« Martha stellte die Tassen ab. »Kamillentee ohne Zucker für Sie«, sagte sie an Robyn gewandt.

Die verzog das Gesicht. Neidisch schielte sie auf den dampfenden Kaffee.

»Denken Sie nicht mal daran.« Martha stemmte die Hände in die Hüften und durchbohrte Robyn mit ihrem Blick.

»Ich rühre ihn nicht an.«

»Das hoffe ich.« Sie nahm Mason ins Visier. »Sie passen auf, dass sie keinen Kaffee trinkt. Der Tee ist gut für den Magen.«

»Ich verteidige die Tasse mit meinem Leben.« Feierlich hob Mason die Hand.

Martha kniff ein Auge zu. Ihr Blick war grimmig, aber sie sagte nichts, sondern nickte nur.

»Bis morgen Martha. Schönen Feierabend«, wünschte Robyn.

»Ihnen auch und schlafen Sie gut.« Martha verließ das Zimmer und kurz darauf fiel die Haustür ins Schloss.

»Schauen wir einen Film?« Mason griff nach der Fernbedienung.

»Ich bin dabei.« Robyn schnappte sich die Tasse und machte es sich gemütlich. Morgen früh trank sie auf jeden Fall wieder Kaffee. So viel stand fest.

36.

»Ruhe.« Robyn haute dem Wecker eins aufs Dach und drehte sich gähnend auf die andere Seite. Sie war noch so müde. Sie schloss die Augen und schreckte beim erneuten Dudeln des Radioweckers hoch.

Robyn warf die Decke zurück, schaltete ihn aus und brachte sich in eine sitzende Position. Die Versuchung, weiterzuschlafen, war riesig, aber die Arbeit rief.

Robyn schwang die Beine aus dem Bett, stand auf und schlagartig war sie wach, als die Übelkeit in ihr hochkroch. Sie hielt sich die Hand vor den Mund, hechtete ins Bad und schaffte es gerade noch rechtzeitig zur Toilette, über der sie sich erbrach.

Als der Brechreiz nachließ, wischte sie sich mit Toilettenpapier den Mund ab. »Bäh. Was für ein Morgen.« Robyn verzog das Gesicht. Der eklige Geschmack verursachte erneuten Brechreiz. Schnell sprang sie auf und spülte sich den Mund aus.

Danach setzte sie sich aufatmend auf den Wannenrand, um sich zu sammeln. Wieso übergab sie sich wieder? Sie hatte gestern darauf geachtet, was sie aß. Trotzdem war ihr schlecht. An der Schokolade lag es nicht, da sie keine gegessen hatte. Vielleicht hatte sie sich den Magen an etwas anderem verdorben, aber ihr fiel nichts ein.

Seufzend erhob sie sich und stellte sich unter die Dusche. Die weckte hoffentlich ihre Lebensgeister.

Eine Stunde später betrat Robyn die Küche. Die Übelkeit war verflogen. Sie hoffte, das blieb so. »Guten Morgen Martha.«

»Robyn. Wie haben Sie geschlafen?« Martha stellte ihr eine Tasse hin.

»Gut. Danke. Und selbst?« Robyn nahm am Tisch Platz.

»Alles bestens. Mr Mason ist schon gefahren. Er hatte früh einen Termin, soll ich Ihnen ausrichten.«

»Danke.« Robyn überlegte, was das für ein Termin war und wieso hatte er ihr das nicht gestern gesagt? »Wissen Sie, worum es geht?«

»Ich weiß nur, dass er heute Morgen einen Anruf bekam und daraufhin fluchtartig das Haus verlassen hat. Er hat was von einem Notfall gemurmelt, meine ich zumindest. Vielleicht habe ich mich auch verhört.«

Robyn trank einen Schluck Kaffee und fühlte sich gleich ein Stück wacher. Es interessierte sie brennend, um was es sich bei dem Notfall handelte. Vielleicht wieder zu der Frau, bei der er schon mal war? Der Stachel der Eifersucht bohrte sich in ihr Herz. Wie ein Mantra wiederholte sie in Gedanken, dass die Ehe ein Geschäft war.

»Wie geht es Ihnen?«, fragte Martha.

»Gut. Danke.« Dass sie die Kloschüssel umarmt hatte, verschwieg sie. Nachher petzte Martha erneut bei Mason und der zerrte sie dann höchstpersönlich zum Arzt. Sie war überzeugt, dass ihr nichts fehlte. Wahrscheinlich nur ein leicht verstimmter Magen.

»Möchten Sie Eier mit Speck?«

»Nein danke. Das mute ich mir heute noch nicht zu«, lehnte Robyn lächelnd ab. Alleine der Gedanke daran verursachte ihr Übelkeit. Verdammt. Was stimmte nicht mit ihr?

»Vernünftig. Ich widme mich dann mal dem Haus.« Martha verließ die Küche und Robyn bestrich ein Toast mit

Butter, dass sie langsam aß. Bloß nicht schlingen. Ihr Magen schien zurzeit sehr empfindlich zu sein.

Auf dem Weg zur Firma hielt Robyn an einem Drugstore. Martha hatte gefragt, ob sie ein Rezept für sie einlöste, was sie natürlich gerne tat.

Im Laden streifte sie durch die Regale, um sich einen Snack zu kaufen und blieb vor der Schokolade stehen. Sie verspürte wieder diesen Heißhunger darauf. Auch so eine Sache, die sie nicht kannte.

Wie hypnotisiert starrte sie in das Regal, das sie am liebsten leerkaufen würde. Unbewusst leckte sie sich über die Lippen. Sie könnte mühelos eine ganze Tafel verdrücken oder sogar mehr.

»Mir geht es genauso«, hörte sie eine Stimme neben sich.

Verwundert sah Robyn die Frau an. »Was meinen Sie?«

»Na, die Schokolade. Jeder hat in der Schwangerschaft andere Gelüste, aber bei mir ist es auch die Schokolade.« Die Frau strich über ihren gewölbten Bauch.

»Ich ... bin nicht schwanger.«

»Oh. Tut mir furchtbar leid. Ich dachte nur, weil sie die Schokolade genauso gierig anstarren, wie ich. Entschuldigen

Sie. Ich wollte Ihnen nicht zu nahe treten.« Verlegen ging die Frau weiter.

Robyn starrte ihr hinterher, bis sie um die nächste Ecke bog. Die Worte gingen ihr nicht mehr aus dem Sinn.

Schwanger? Nein. Wann sollte das passiert sein und überhaupt, sie hatte doch letztens ihre Regel, oder? Sie kam ins Grübeln. Hektisch nahm sie das Handy heraus und öffnete die Zyklusapp.

Ungläubig starrte sie darauf. Das konnte nicht stimmen. Sie musste vergessen haben, das letzte Mal einzutragen. Sie wischte in der App umher, überlegte, rechnete nach, aber das letzte Mal hatte sie die Regel vor der Hochzeit gehabt.

Zittrig lehnte Robyn sich gegen das Regal. »Ruhig bleiben.« Sie schloss die Augen. Das war ein Irrtum. Wann sollte sie schwanger geworden sein? Sie hatte nur mit Mason geschlafen und da hatten sie Gummis benutzt. Sie riss die Augen auf. Was, wenn eins beschädigt war? Wie hoch war eigentlich die Wahrscheinlichkeit, dass es dabei zu einer Schwangerschaft kam?

Robyns Finger flogen über die Tastatur und was die Suchmaschine ausspuckte, klang erschreckend. Im Schnitt kam es bei hundertachtzig von tausend Frauen zu einer Schwangerschaft, wenn mit einem Kondom verhütet wurde.

Ihre Hände zitterten so stark, dass sie Angst hatte, das Handy rutschte ihr aus der Hand. Sie steckte es in die Tasche zurück und zwang sich, ruhig zu bleiben. Sie brauchte Gewissheit.

Sie suchte den Gang mit den Drogerieartikeln auf. Dort gab es eine große Auswahl an Schwangerschaftstest, die sie alle auszulachen schienen. Sie entschied sich für einen, der einfach in der Anwendung war und der sich im Büro durchführen ließ. Bis heute Abend wollte sie nicht warten. Das hielt sie nicht aus. Was sie tat, wenn er positiv war? Darüber dachte sie nach, wenn es soweit war. Sie hoffte, dass er negativ war, aber tief im Inneren rechnete sie nicht damit. Die Übelkeit und der Heißhunger, dazu die ausbleibende Regel sagten genug aus, um sich ein Urteil zu bilden. Aber die Hoffnung starb ja bekanntlich zuletzt.

Mit dem Test ging sie zur Kasse, löste das Rezept ein und machte sich auf den Weg in die Firma.

37.

Wieso erschienen einem manchmal Minuten wie eine Ewigkeit? Robyn sah auf die Uhr, auf der die Zeit wie festgeklebt erschien. Die Sekunden krochen dahin, wie Stunden.

»Erst zwei Minuten.« Robyn drehte eine weitere Runde durchs Büro, sah aus dem Fenster, aber nahm nichts davon wahr. Ihre Gedanken kreisten um den Schwangerschaftstest. Der lag auf dem Schreibtisch und zeigte nach den fünf Minuten hoffentlich nur eine Linie.

Unruhig sah Robyn erneut zur Uhr. Noch zwei Minuten, dann könnte sich ihr komplettes Leben ändern. Oder auch nicht. Sie ballte die Hände zu Fäusten.

Sie blickte zur Uhr – die Zeit war herum. Mit klopfendem Herzen näherte sie sich langsam dem Schreibtisch, wo das unscheinbar wirkende Plastikkästchen lag, das über ihre Zukunft entschied.

Robyn trat an den Tisch, den Blick starr geradeaus gerichtet. Sie wollte nicht, aber sie musste. Zu lange durfte man nicht warten, weil das Ergebnis sonst verfälscht sein könnte.

Sie neigte den Kopf und sah auf den Test. Augenblicklich gaben die Beine unter ihr nach. Sie ließ sich auf den Stuhl fallen und verbarg das Gesicht in den Händen. Zwei pinke Linien hatten sich gebildet. Positiv. Sie war schwanger.

»Das darf nicht wahr sein.« Robyn griff nach dem Test, um sich zu überzeugen, dass sie sich nicht verguckt hatte. Vergebens. Es blieb bei zwei Linien. In ihrer Verzweiflung las sie sich die Gebrauchsanweisung noch einmal durch, in der Hoffnung, dass zwei Striche negativ bedeutete. Sie wusste selbst, dass es Quatsch war, aber im Moment war sie nicht in der Lage rational zu denken.

Sie drehte den Test in den Händen und feuerte ihn dann mit Wucht in den Papierkorb. Sie war so wütend. Auf sich, auf Mason, auf alles und jeden. Sie musste mit jemandem reden. Sie fischte den Test aus dem Mülleimer, fotografierte ihn mit dem Handy und schickte das Bild an Maja. Danach steckte sie den Test mit der Verpackung in die Handtasche, um alles auf dem Heimweg in einem öffentlichen Mülleimer zu entsorgen. Wenn die Papierkörbe vom Reinigungspersonal geleert wurden, machte ihre

Schwangerschaft am Ende die Runde in der Firma. Das wollte sie um jeden Preis vermeiden. Keiner erfuhr davon. Das behielt sie für sich. Erst mal.

Nach knapp zwei Minuten klingelte das Handy.

»Hey Maja.«

Die hielt sich nicht mit Begrüßungsfloskeln auf. »Sag mir, dass das nicht dein Schwangerschaftstest ist.«

»Dir auch einen guten Morgen.«

»Lenk nicht ab.«

»Ich bin schwanger.«

»Wie hast du das denn geschafft?«

»Muss ich das wirklich erklären?« Trotz der verfahrenen Situation musste Robyn ein wenig grinsen. Lachen war ja gesund.

»Das ist nicht witzig.«

»Ich weiß.« Robyn seufzte. »Es ist in den Flitterwochen passiert. Ich habe dir von der Nacht erzählt.«

»Ihr habt doch verhütet. Sag nicht, ihr habt ohne ...«

»Natürlich nicht. Aber es kann auch mit Schutz in manchen Fällen zu einer Schwangerschaft kommen.«

»Stimmt. Ist wie ein Sechser im Lotto.«

»Den hatte ich noch nie.«

»Du spielst ja nicht. Solltest du vielleicht mal.«

»Ja, mach dich lustig auf meine Kosten.« Robyn legte die Stirn in Falten.

»Tut mir leid.«

»Schon gut.«

»Wann sagst du es Mason?«

»Gar nicht.«

»Was? Er ist der Vater. Du musst es ihm sagen.« Maja klang ehrlich entsetzt.

»Ich behalte es erst mal für mich. Ich fühle mich im Moment nicht dazu in der Lage, ihm das zu beichten.«

»Wieso das? Er wird dich nicht zum Teufel jagen.«

»Genau das ist es.«

»Verstehe ich nicht.«

Robyn sah deutlich die Fragezeichen über Majas Kopf schweben. »Wir haben eine Vereinbarung. Die Ehe wird wieder geschieden.«

»Das weiß ich.«

»Lass es mich erklären. Wenn er weiß, ich erwarte sein Kind, wird er sich nicht scheiden lassen. Aus Verantwortung dem Baby und mir gegenüber. Ich kenne ihn.«

»Du möchtest nicht, dass er sich verpflichtet fühlt, bei dir zu bleiben.«

»Ja.« Robyn schluchzte auf.

»Du liebst ihn sehr.«

»Ja. Ich liebe ihn wie verrückt und bin schwanger von ihm. Es ... könnte so schön sein, wenn er etwas für mich empfinden würde, außer Freundschaft.« Robyn fühlte sich elend.

»Ich verstehe das. Aber Mason hat ein Recht darauf zu erfahren, dass er Vater wird.«

Robyn war froh, über Majas nüchterne Art, die Fakten zu sehen. Das half ihr, etwas herunterzukommen. »Natürlich hat er das. Ich werde es ihm sagen. Später.«

»Dir ist klar, dass du es nicht ewig verbergen kannst. Irgendwann sieht er, dass du schwanger bist.«

»Das dauert noch ein wenig. Bis dahin weiß er es.« Robyn hatte keine genaue Vorstellung wie und wann sie es beichten sollte.

»Tust du mir einen Gefallen?«, fragte Maja.

»Welchen?«

»Geh zum Arzt und lass dich während der Schwangerschaft betreuen.«

»Das mache ich. Wenn ich einen Termin bekomme, noch diese Woche.« Sie musste sich Adressen von Ärzten heraussuchen. Schade, dass sie niemanden nach einer Empfehlung fragen konnte. Obwohl, vielleicht schaffte sie es, Holly auszuhorchen. Die hatte ihr beim Barbecue erzählt, sie war bei einem der besten Frauenärzte der Stadt in Behandlung. Sie nahm sich vor, sie diese Woche zu einem Kaffee einzuladen. Dabei ließ sich das Gespräch gut auf Hollys Schwangerschaft bringen. Sie redete gerne darüber.

»Ich möchte das Ultraschallbild sehen.«

»Schicke ich dir.«

»Werde ich Patentante?«

»Ich kann mir keine bessere Patin vorstellen.« Robyn lächelte. Majas Art machte ihr Mut. Ihre erste Verzweiflung war verflogen. Für sie stand immer fest, dass sie mal Mutter werden wollte. So war es nicht geplant, aber das Leben hielt sich selten an Regeln. Um es Mason zu sagen, da wartete sie den richtigen Moment ab. Sie hoffe, dass sie spürte, wenn er kam.

»Auf die Antwort habe ich gehofft. Pass auf. Ich schaue, ob ich ein paar freie Tage herausschlagen kann, dann komme ich dich besuchen.«

»Das wäre schön.« Robyn freute sich, wenn sie Maja an ihrer Seite hatte. Ein wenig Angst vor dem, was kam, war vorhanden. Mit ihrer besten Freundin war es nur halb so bedrohlich.

»Es sollte klappen, ich habe viele Überstunden angesammelt. Ich frage nachher und sage dir gleich Bescheid. Ich muss jetzt zur Arbeit. Ich melde mich. Halt die Ohren steif.«

»Das mache ich. Bis später.« Robyn beendete das Gespräch und statt Verzweiflung, spürte sie Vorfreude.

38.

Robyn straffe die Schultern und betrat die Frauenarztpraxis. Vorgestern hatte sie sich mit Holly zum Essen getroffen und gefragt, welchen Arzt sie ihr empfahl. Schließlich hatte sie noch keinen Frauenarzt, deshalb war die Frage legitim. Holly hatte versprochen, ihren Arzt anzurufen, um eine Empfehlung für Robyn auszusprechen. Ohne Beziehungen kam man dort kaum als Patientin unter.

Dass sie für heute einen Termin bekam, war Glück, da eine Patientin abgesagt hatte und Holly nicht unerwähnt gelassen hatte, wer Robyns Ehemann war.

»Guten Tag. Ich habe um elf Uhr einen Termin«, sagte sie zu der Sprechstundenhilfe.

»Herzlich willkommen. Wie ist Ihr Name?«

»Robyn Stone.«

»Bitte nehmen Sie kurz Platz. Sie sind gleich dran. Es dauert nicht lange.«

Robyn setzte sich ins Wartezimmer und beobachtete die anderen Frauen. Alle waren schwanger in verschiedenen Stadien. Bald schob sie auch solch eine Kugel vor sich her, was ihr noch irreal vorkam.

Kurz darauf wurde sie ins Behandlungszimmer geführt und saß dem Arzt gegenüber, der sie freundlich anlächelte.

»Was kann ich für Sie tun?«

»Ich bin schwanger. Glaube ich.«

»Haben Sie einen Test gemacht?«

»Ja, er war positiv.«

»Dann schauen wir mal, ob er recht hat.« Er stand auf und führte sie ins Untersuchungszimmer, wo er einen Ultraschall durchführte.

»Bin ich schwanger?« Robyn sah auf dem Ultraschall absolut nichts.

»Ja. Sehen Sie das hier?« Der Arzt zeigte auf etwas Dunkles.

»Ja.«

»Das ist ihr Baby. Das Herz schlägt schon. Sie sind in der achten Woche.« Er druckte ein Foto aus und gab es Robyn. »Für Sie.«

»Danke.« Robyn sah gedankenverloren auf das Bild. Ihr Baby. Es fiel ihr schwer, es zu glauben, aber daran gewöhnte sie sich bestimmt bald. Der Test war erst vier Tage her und sie befand sich noch in einer Blase aus Unglaube.

»Vereinbaren Sie am Empfang einen weiteren Termin. Dann sehen wir mehr.« Mit einem freundlichen Lächeln verließ er den Raum und Robyn zog ihre Kleidung wieder an.

Einige Minuten später stand sie vor der Praxis und überlegte, ob das gerade wirklich stattgefunden hatte. Sie nahm das Bild aus der Tasche. Eindeutig ja. Sie fotografierte es und schickte es Maja, die wahrscheinlich bereits auf heißen Kohlen saß. Anschließend verstaute sie es blickdicht in ihrem Portemonnaie, damit niemand es aus Versehen sah.

Sie beschloss, noch ein wenig durch die Geschäfte zu bummeln und blieb etwas später wie gebannt vor einem Geschäft für Babyausstattung stehen. Sie wollte nicht, aber ihre Beine trugen sie ungefragt hinein, wo sie sich mit einer riesigen Flut von mehr oder weniger nützlichen Utensilien konfrontiert sah.

Sie staunte sich durch Kinderwagen mit drei oder vier Rädern und überlegte, welche Autogröße man für einen Vierlingskinderwagen brauchte. Gleichzeitig hoffte sie, dass sie keine Mehrlinge erwarte. Sie fühlte sich bereits bei dem Gedanken überfordert.

»Kann ich Ihnen behilflich sein?«

Robyn zuckte zusammen. Sie hatte die Verkäuferin nicht gesehen.

»Entschuldigung, ich wollte Sie nicht erschrecken.«

»Schon gut. Ich war in Gedanken. Ich schaue mich erst mal ein wenig um. Es gibt so viel Auswahl. Da fühlt man sich erschlagen.«

»Das stimmt. Aber dafür sind wir ja da. Suchen Sie ein Geschenk oder soll es für Sie sein?«

»Für mich. Ich bin schwanger.«

»Herzlichen Glückwunsch.« Die Verkäuferin strahlte sie an und Robyn schämte sich, dass diese fremde Frau sich mehr zu freuen schien, als sie selbst.

»Danke.«

»Ist es Ihr erstes Kind?«

Robyn nickte.

»Das ist so aufregend, nicht wahr? Darf ich Ihnen eine Auswahl zusammenstellen?«

»Ich weiß nicht. Ich bin erst in der achten Woche. Ich habe noch gar keine Vorstellung.« Hilflos zuckte Robyn die Schultern. Sie kam sich schrecklich dumm vor, da sie nicht wusste, was sie alles brauchte. Es gab tausend Dinge zu beachten. Gleich musste sie in den Drugstore. Der freundliche Doktor hatte ihr Tabletten aufgeschrieben, die sie nehmen sollte und die Broschüren in der Handtasche wogen bestimmt drei Kilo.

»Das ist wirklich noch früh. Überlegen Sie in Ruhe. Darf ich Ihnen meine Karte geben? Wir kommen auch zu Ihnen nach Hause und beraten Sie bei der Einrichtung des Kinderzimmers und was Sie alles an Erstausstattung brauchen.«

»Praktisch ein All-Inklusive-Service?«

»Ja.« Die Verkäuferin gab ihr eine Visitenkarte. »Rufen Sie mich an. Dann vereinbaren wir einen Termin und ich stehe ganz zu Ihrer Verfügung.«

»Vielen Dank. Ich melde mich.« Das war mal ein nützlicher Service, den Robyn garantiert in Anspruch nahm, aber erst später. Wenn Mason es wusste. Die Gedanken überschlugen sich. Robyn schob sie zur Seite, sonst bekam sie gleich Panik, weil sie keine Ahnung hatte, wie es weitergehen sollte. Sie musste sich langsam vorantasten. Alles andere fand sich.

»Ich freue mich auf Ihren Anruf.« Die Verkäuferin wandte sich einer anderen Kundin zu und Robyn verließ den Laden.

»Robyn. Liebes. Wie schön, dich zu treffen.«

Bei der Stimme ihrer Schwiegermutter fühlte Robyn sich, als stoße ihr jemand ein Messer in die Eingeweide. Ihr Magen verkrampfte sich und automatisch kam die Übelkeit. Bloß nicht übergeben. Reiß dich zusammen, sprach sie sich gedanklich Mut zu.

»Ellen. Was machst du denn hier?«

»Ein wenig Shoppen.« Ellen umarmte Robyn und sah ins Schaufenster. Danach zog ein Leuchten über ihr Gesicht. Hoffnungsvoll sah sie Robyn an. »Gibt es etwas Freudiges zu verkünden?«

Verdammt! Wieso traf sie ausgerechnet auf Ellen. Die Stadt war riesig. Die Wahrscheinlichkeit, sich zufällig zu treffen, war geringer als ein Lottogewinn, aber sie zog das Hauptlos. Die Wahrheit konnte sie nicht sagen. Sie schüttelte den Kopf. »Ich habe nach einem Geschenk für eine Freundin gesucht.« Sie hasste sich dafür, dass sie Ellen anlog und fühlte sich mies, als sie sah, wie das Leuchten auf Ellens Gesicht erlosch.

»Oh schade. Ich dachte, ich bekomme ein Enkelchen.« Ellen lächelte matt.

»Ich verspreche dir, das wirst du bekommen. Aber nicht direkt.« Das war nicht mal gelogen und Ellens Gesicht hellte sich gleich auf.

»Natürlich. Ihr seid frisch verheiratet und möchtet die Zeit gemeinsam noch etwas genießen, bevor die Elternpflicht ruft. Das verstehe ich. Ich hoffe, ich bin eine der Ersten, die es erfährt. Dann gehen wir shoppen. Das wird schön.«

»Das machen wir.« Robyn drückte Ellen kurz. »Ich muss los. Die Arbeit ruft.«

»Bestell den Männern Grüße.«

»Wird erledigt.« Robyn verabschiedete sich und mit jedem Schritt, den sie sich entfernte, fühlte sie sich wie eine miese Lügnerin.

39.

»Herein«, rief Robyn abwesend, den Blick auf den Monitor gerichtet.

»Hast du Zeit für eine kleine Kaffeepause?« Mason schloss die Tür hinter sich.

Robyn rieb sich die Augen. Sie starrte schon viel zu lange auf den Bildschirm. »Du hattest mich bei Kaffee.« Sie schenkte Mason ein strahlendes Lächeln, gleichzeitig kam sie sich so mies vor, weil sie ihm vorenthielt, dass er Vater wurde. Seit dem Arztbesuch waren über zwei Wochen vergangen und er ahnte nichts. Zum Glück überfielen sie nur noch selten Übelkeitsattacken und dann meistens morgens nach dem Aufstehen, sodass niemand etwas mitbekam.

Heute Abend kam Maja für einige Tage zu Besuch. Leider hatte sie früher keinen Urlaub bekommen. Robyn freute sich unbändig. Endlich war sie nicht mehr alleine mit der Schwangerschaft. Es fiel ihr schwer, mit niemandem darüber zu sprechen. So gerne würde sie ihre Freude teilen. Der anfängliche Schock war schnell vorüber gewesen. Sie freute sich wahnsinnig auf das Baby. Nur, dass sie Mason es nicht sagen konnte, belastete sie. Würde er ihre Gefühle erwidern, wäre es perfekt.

»Du bist halt eine Kaffeetante.« Grinsend öffnete er die Tür. »Nach dir.«

»Hey. Nett bleiben.«

»Bin ich immer.«

»Wenn du schläfst.« Lachend trat sie auf den Flur.

»Wieso habe ich dich gleich zum Kaffee eingeladen?«

»Weil ich so nett bin.« Robyn sah sich in der Kantine um. »Ich setzte mich schon mal. Bringst du mir einen Schokomuffin mit?«

»Du entwickelst dich zu einem Schokoholiker. Inhalierst du die Dinger?«

»Was meinst du?«

»Dass du verrückt nach Schokolade bist und alles, was damit zubereitet wird.« Lachend zeigte er auf ihren Bauch. »Bald brauchst du eine neue Garderobe, wenn du so weiter futterst.«

Schlagartig wich Robyn die Farbe aus dem Gesicht.

»Sorry. Ich wollte dich nicht beleidigen. Das war nett gemeint.« Mason strich ihr mit dem Finger über die Wange. »Verzeihst du mir?«

»Natürlich.« Robyn setzte ein Lächeln auf. Einen Moment lang hatte sie gedacht, Mason ahnte etwas. Sie musste aufpassen, aber seit der Schwangerschaft, war sie verrückt auf alles mit Schokolade. Es war wie eine Sucht. Zum Glück verspürte sie keinen Heißhunger auf Gurken, das würde mehr auffallen.

»Setz dich. Ich komme gleich.« Mason ging Richtung Theke und Robyn setzt sich an ihren bevorzugten Tisch.

Von da aus beobachtete sie Mason. Sie liebte alles an ihm und könnte ihn stundenlang ansehen. Es tat so unglaublich weh, ihn zu lieben. Seit sie schwanger war, schienen die Gefühle sich verstärkt zu haben, obwohl sie das für unmöglich gehalten hatte.

Dass ihr Baby mit getrennten Eltern aufwachsen musste, schmerzte sie extrem. Sie hatte sich immer eine Familie gewünscht und nun war sie bald eine alleinerziehende Mutter. Mason würde gut für sie sorgen, das stand außer Frage, aber niemals würden sie alle unter einem Dach leben. Es war alles so verfahren.

»So. Bitte sehr. Kaffee und Muffin.« Mason stellte das Tablett ab.

»Zwei Muffins? Du hältst mich ja für sehr verfressen.«

»Bist du auch.«

»Hey.«

»Aber einer ist für mich. Nehmen wir zusammen zu.« Herzhaft biss er hinein. »Lecker. Die sind flüssig innen.«

»Ja. Sie sind göttlich.« Robyn zerging die flüssige Schokolade auf der Zunge. Wenn Mason irgendwann bemerkte, dass sie zunahm, ließ es sich, zumindest am Anfang, auf den Schokoladenkonsum schieben. Zwar nicht ewig, aber sie gewann dadurch etwas Zeit. Sie schob es immer weiter vor sich her.

»Sehr lecker.« Mason trank einen Schluck Kaffee. »Robyn?«

»Ja?«

»Wir müssen reden.«

»Das klingt nicht gut.« Sie legte den Muffin auf den Teller. Ihr verging schlagartig der Hunger.

»Keine Sorge. Nichts Schlimmes.« Mason griff nach ihrer Hand und drückte sie sanft.

»Ich bin ganz Ohr.«

»Maja kommt ja heute Abend zu Besuch.«

»Ja. Ich hole sie nachher vom Flughafen ab.«

»Ich habe mir etwas überlegt ...« Mason machte eine Pause.

»Was denn?«

»Ich spüre, dass du dich oft einsam fühlst, dir eine wirkliche Freundin fehlt. Du hast dein gesamtes soziales Umfeld hinter dir gelassen.«

»Ich verstehe mich gut mit Holly.« Das stimmte, aber eine Freundin war sie noch nicht. So etwas brauchte Zeit sich zu entwickeln.

»Das weiß ich, aber dir fehlt eine vertraute Person. Du und Maja, ihr seid mehr wie Schwestern. Das sagst du ja selbst.«

Robyn nickte. Ihre Freundschaft war etwas Besonderes.

»Deshalb habe ich einen Vorschlag. Für Maja. Ich möchte zuerst mit dir darüber reden, ob du einverstanden bist.« Mason lächelte geheimnisvoll.

Robyns Anspannung wuchs, aber diesmal in freudiger Erwartung. »Ich platze gleich vor Neugier.« Nervös rutschte sie auf dem Stuhl herum.

»Ich habe einen Job für Maja in der Firma. Unsere stellvertretende Kantinenleitung geht bald in den Ruhestand. Ich weiß, dass sie gerne ein eigenes Diner hätte und das wäre ein guter Anfang. Sie bekäme Verantwortung und ich würde ihr helfen, etwas Eigenes auf die Beine zu stellen. Damit ist natürlich ein Umzug hierher verbunden. Die erste Zeit könnte sie bei uns wohnen. Was hältst du davon?«

Robyn klappte den Mund auf und sie schloss ihn wieder.

»Hat es dir die Sprache verschlagen?« Mason zwinkerte ihr zu.

»Das ist phänomenal.« Robyn legte die Hand auf den Mund. Gleich heulte sie los. Vor Glück. »Das ... ist so lieb von dir.« Sie schniefte.

Mason gab ihr eine Serviette.

»Danke.« Sie tupfte sich die Augen trocken.

»Meinst du, Maja ist interessiert?«

Robyn nickte so heftig, dass die Haare flogen. »Auf jeden Fall. Sie wäre beim ersten Mal am liebsten schon hiergeblieben.«

»Den Eindruck hatte ich ebenfalls. Deshalb mein Vorschlag. Und in dem Zug möchte ich sagen, dass du auch nach der Trennung weiter in der Firma arbeitest – natürlich nur, wenn du möchtest. Dasselbe gilt für Maja. Du bekommst ein Haus in den Hills von mir. Es soll dir an nichts fehlen. Ich bin dir unsagbar dankbar für deine Hilfe und was du auf dich genommen hast. Das würde nicht jeder tun, für jemanden, mit dem man jahrelang keinen Kontakt hatte.«

Erneut schniefte Robyn. Sie war nahe am Wasser gebaut. Unheimlich, wozu Hormone fähig waren. »Ja, ich möchte gerne weiter in der Firma bleiben.« So konnte Mason sein Kind jederzeit sehen. Die räumliche Trennung war nicht zu groß und ihr Baby hatte die Möglichkeit, zwischen beiden Eltern aufzuwachsen. Mason hatte ihr gerade, ohne es zu ahnen, einen großen Ballast von den Schultern genommen. So sah die Zukunft ein kleines Stückchen rosiger aus. Alles andere fand sich mit der Zeit noch, davon war sie überzeugt.

40.

»Ohhh. Es ist klasse, wieder hier zu sein.« Maja stieg aus dem Wagen aus und genoss die warmen Sonnenstrahlen. »Zuhause ist es kalt.«

»Ja, das durchgehend milde Klima ist toll. Daran habe ich mich direkt gewöhnt. Ich brauche höchstens mal eine dünne Strickjacke.« Robyn warf die Fahrertür zu.

»Willkommen zurück«, hörten sie Masons Stimme, der auf sie zukam.

Maja flog Mason fast um den Hals und drückte ihn so fest wie möglich.

»Womit habe ich diese Begrüßung verdient?« Lachend löste er sich.

»Muss man sich bei seinem zukünftigen Chef nicht einschleimen?« Maja legte den Finger an die Nase, ihr Blick war schelmisch.

»Ach, daher weht der Wind.« Er zwinkerte ihr zu. »Mir fallen bestimmt einige Gefälligkeiten ein.«

»Kommt davon, wenn man eine große Klappe hat.« Robyn öffnete den Kofferraum, aber ehe sie den Koffer herausnehmen konnte, drängte Maja sie entschieden zur Seite. »Ich nehme den. Ist ja schließlich mein Gepäck.« Sie sah Robyn scharf ins Gesicht und die wusste, dass nachher eine Standpauke auf sie wartete. Schwer heben sollte sie vermeiden, aber das war die Macht der Gewohnheit.

»Den nehme ich.« Mason schnappte sich den Koffer.

»Wie aufmerksam.«

»Was sollen denn die Nachbarn denken, wenn ich euch schleppen lasse.«

»Du hast recht. Er ist frech und hat eine schnelle Zunge.« Maja schloss den Kofferraum.

Augenblicklich schossen Robyn Gedanken an eine bestimmte Nacht in den Kopf. Ja, das mit der flinken Zunge konnte sie bestätigen.

»Ist dir warm?«, fragte Mason.

»Nein. Wieso?«

»Dein Gesicht ist auf einmal so rot.«

»Nur die Aufregung, weil Maja da ist. Ich hoffe, es war in Ordnung, dass ich ihr von deinem Angebot erzählt habe. Ich wäre sonst geplatzt.« Sie war regelrecht über Maja hergefallen, als die den Ausgang passierte, um ihr von der ungeheuerlichen Neuigkeit zu erzählen.

»Natürlich. Ich habe eh damit gerechnet.«

»Er kennt dich gut.«

»Ganz genau. Gehen wir hinein. Martha wartet mit dem Essen. Sie freut sich, dich wiederzusehen.«

»Ich mich auch. Sie ist eine tolle Frau und ihre Kochkünste bete ich an.«

»Amen.« Robyn schob Maja, die beim Schwärmen stehen geblieben war, ins Haus.

»Was gibt es denn Leckeres?« Maja leckte sich über die Lippen.

»Keine Ahnung. Sie sagt, es ist eine Überraschung.«

»Egal. Alles, was sie kocht, ist großartig.«

»Du hast noch Zeit, dich frisch zu machen. Abendessen dann in einer Stunde auf der Terrasse. Ich bringe den Koffer auf dein Zimmer.« Mason stieg die Treppe hinauf und die Freundinnen statteten Martha in der Küche einen Besuch ab.

»Maja. Schön, dass Sie wieder bei uns sind.« Martha drückte sie kurz.

»Ich freue mich auch. Sie haben sicher gehört, dass Sie mich bald längerfristig an der Backe haben.« Maja sah in den Topf.

»Ja und ich freue mich darüber.«

»Ich mich auch.«

»Entschuldigt mich kurz. Das Telefon klingelt.« Robyn verließ die Küche und auf dem Weg zurück, kam Maja ihr entgegen.

»Martha hat Verdacht geschöpft«, sagte Maja leise.

»Du meinst ...?« Sie ließ es unausgesprochen, aber es war klar, was Maja meinte.

»Ja. Gehen wir aufs Zimmer.«

Robyn ging voraus, dabei drehte sich das Gedankenkarussell unaufhaltsam. Sie hätte wissen sollen, dass eine Frau, wie Martha sich nicht so leicht täuschen ließ.

Robyn betrat das Zimmer. »Mason ist nicht mehr hier.«

»Sehr gut.« Maja schloss die Tür.

Robyn ließ sich aufs Bett fallen. »Was hat Martha gesagt?«

»Sie vermutet, dass du schwanger bist.«

»Weil ich mich morgens mal übergeben habe?« Jedem war mal schlecht, was nicht gleich auf eine Schwangerschaft schließen ließ.

»Das nicht mal. Aber das du plötzlich auf verschiedene Gerüche reagierst und eine Gier auf Schokolade entwickelt hast. Dann hat sie alles zusammengezählt.«

»Wie gut, dass Männer nicht so aufmerksam sind.« Zwar war Mason aufgefallen, dass sie verrückt nach Schokolade war, aber der dachte sich nichts dabei.

»Ein Mann merkt es erst, wenn der Bauch so dick ist, dass er zuerst durch die Tür kommt. Die sind alle mit Blindheit geschlagen.« Maja setzte sich neben sie.

»Wieso hat sie mich nicht gefragt?«

»Um dich nicht in Verlegenheit zu bringen. Sie meinte, das wäre dir vielleicht peinlich.«

»Die Gute. Nein. Peinlich ist es mir nicht.«

»Hast du ihr gesagt, dass es stimmt?«

»Nein. Ich meinte, dass ich mit dir rede. Mehr nicht. Du entscheidest, was du preisgibst.«

»Ich finde, sie sollte die Wahrheit erfahren.« Das erschien Robyn nur vernünftig und ein Mensch mehr, dem sie sich anvertrauen konnte. Sie hatte viele Fragen, die sie beschäftigten. Martha war selbst Mutter und wusste, wie was man als Schwangere durchmachte.

»Eine gute Entscheidung. Ich bin derselben Meinung.«

»Sie sollte es wissen.«

»Da gibt es noch jemanden, der ein Recht darauf hat.« Maja drückte ihre Hand.

»Meine Eltern?«

»Auch, aber die meinte ich nicht, das weißt du.«

Betrübt sah Robyn auf den Boden. »Du hast recht. Ich weiß nicht wann und schon gar nicht wie. Was soll ich sagen? Dazu kommt der Umstand, dass ich nicht will, dass er sich mir verpflichtet fühlt.«

»Sag ihm, dass du ihn liebst.«

»Spinnst du?«

»Das schafft Gewissheit. Anschließend sagst du ihm, dass du ein Kind erwartest. Erwidert er deine Gefühle nicht und schlägt dann vor, zusammenzubleiben, wegen des Kindes, weißt du, was zu tun ist.«

»Ich lehne es ab.«

»Ganz genau. So würde ich es tun. Das ist nur ein Vorschlag, aber dann weißt du, wo du stehst und kannst deine Zukunft planen.«

»Die Chancen, dass er mich liebt, liegen bei null, aber du hast recht. Es schafft Gewissheit.« Etwas, das Robyn dringend brauchte. Sie nahm sich vor, in den nächsten Tagen mit Mason zu reden.

41.

Heute war der alles entscheidende Tag. Jedenfalls aus Robyns Sicht. Mason ahnte davon nichts. Nachdem sie Majas Vorschlag verinnerlicht hatte, war sie ruhiger geworden.

Es fiel ihr unendlich schwer, aber so war es am besten. Sie hatte es fast eine Woche vor sich hergeschoben, bis Maja gefragt hatte, ob sie bis zur Geburt warten wollte. Das gab den Anstoß. Heute Abend, wenn Mason von der Arbeit kam, sagte sie es ihm. Sie selbst hatte zwei Wochen Urlaub, um Maja zu helfen, ihren Umzug zu organisieren. Die hatte schon ihren Job gekündigt und flog nur noch einmal nach Hause, um zu packen. Ihre Eltern wussten Bescheid und unterstützten ihre Entscheidung.

»Herein.«

»Guten Morgen. Wie geht es Ihnen?« Martha musterte sie, als ob sie ihren Zustand ablesen wollte.

»Mir geht es prächtig.« Mit Martha hatte sie ein langes Gespräch geführt, sie ins Vertrauen gezogen und ihr erklärt, wie sie weiter verfahren wollte. Martha fand die Vorgehensweise gut, denn eine Ehe, wo man nur wegen des Kindes zusammenblieb, davon hielt sie nichts. Irgendwann zerbrach die Ehe dann doch.

»Das freut mich, zu hören. Das Frühstück ist fertig. Mit vielen Vitaminen. Das ist gut fürs Baby.« Sie sah auf Robyns Bauch.

»Sieht man was?«

»Nein, das dauert noch ein wenig. Aber dann wächst der Bauch schneller als Sie glauben und ruck zuck sehen Sie Ihre Füße nicht mehr.«

»Traumhafte Aussichten.«

»Alles halb so schlimm. Glauben Sie mir.«

»Ist Maja schon auf?«

»Ja. Sie frühstückt bereits.«

»Ich bin sofort da.«

»Brauchen Sie noch Hilfe?«

»Nein, danke Martha.«

»Dann bin ich unten.«

»Bis gleich.« Robyn schlüpfte in die Schuhe, die sie am Schluss der Schwangerschaft wohl auch nicht mehr selbst anziehen konnte. Das hatte ihre Mutter mal erzählt, dass ihr Vater da helfen musste.

Robyn stellte sich seitlich vor den Spiegel und musterte sich. Nein, noch sah man nichts. Oder vielleicht doch? War der Bauch nicht minimal gewölbt? Seufzend zog sie das Shirt runter. Das war wohl mehr Einbildung. Einerseits wollte sie etwas sehen, aber ein Teil von ihr fürchtete sich davor.

Robyn lief die Treppe hinunter in die Küche, wo Maja auf sie wartete.

»Guten Morgen. Sieh mal.« Sie schob ihr das Tablett hin.

»Große Rabattaktion.«

»Ja, auf alles fünfundzwanzig Prozent. Da fahren wir nachher hin, um die ersten Babysachen auszusuchen.«

»Das ist der Laden, wo ich schon mal war.« Robyn scrollte sich durch das Angebot. Teilweise gab es sogar noch mehr Prozente. Je nachdem ob man Möbel oder Anziehsachen nahm.

»Da, wo du Masons Mutter getroffen hast?«

»Ja.« Zum Glück hatte sie ihr das mit dem Geschenk geglaubt. Robyn tat es immer noch leid, Ellen angelogen zu haben.

»Fahren wir nach dem Frühstück?«

»Klar.«

»Beeil dich. Sonst sind die besten Sachen ausverkauft.«

»Das Frühstück ist die wichtigste Mahlzeit des Tages. Nehmen Sie sich Zeit dafür. Gerade in ihrem Zustand.«

Robyn nickte brav. Martha behandelte sie wie ein rohes Ei. Sie kam sich langsam vor, wie eine Prinzessin, so wie sie sie verwöhnte. Anfangs hatte sie versucht, Martha davon zu überzeugen, dass es nicht nötig war, aber die ließ nicht mit sich reden. Also genoss sie den Zustand.

Knapp zwei Stunden später betraten die Freundinnen das Babyfachgeschäft, in dem es vor Schwangeren nur so wimmelte. Das Angebot hatte viele in den Laden gelockt.

»Ist der nicht toll?« Maja zog Robyn zu einem Kinderwagen.

»Er ist rosa.«

»Ist doch schön.«

»Wenn es ein Junge wird, auch?« Zweifelnd sah Robyn sie an.

»Na ja. Wir leben in emanzipierten Zeiten und ...«

Robyn unterbrach sie. »Vergiss es.«

»Sicher?«

»Ja.« Auf keinen Fall kaufte sie dieses rosafarbende Ungetüm. Nicht mal, wenn sie wüsste, dass es ein Mädchen würde. Der Wagen war ihr zu kitschig, aber Maja liebte Kitsch. Das ließ auf einen turbulenten und anstrengenden Einkauf schließen. Wenn sie überhaupt etwas nahm. Sicher war sie sich nicht. Sehr weit war sie noch nicht. Es bestand noch die Gefahr, das Baby zu verlieren. Daran dachte sie nicht gerne, aber sie war Realist. Viele Schwangerschaften endeten im ersten Drittel. Deshalb wurde in den meisten Ratgebern dazu geraten, die ersten drei Monate abzuwarten.

Robyn sah sich um. Vielleicht kaufte sie einen Strampelanzug und ein paar Söckchen. Damit sie etwas zum Anschauen hatte.

»Ohhh. Der ist noch schöner«, quietschte Maja und zog Robyn zum nächsten Kinderwagen, der mit Delfinen in allen Größen bedruckt war.

Robyn überlegte, ob der Designer farbenblind war und alles mit verbundenen Augen angebracht hatte. Der Wagen war an Scheußlichkeit kaum zu überbieten.

»Sieh mal. Achtzig Prozent Nachlass«, freute Maja sich, die total aus dem Häuschen aufgrund des Schnäppchens geriet.

»Kein Wunder«, murmelte Robyn.

»Was meinst du?«

»Ist bestimmt ein Ladenhüter.«

»Wieso das?«

Robyn rollte die Augen. Ja, der Einkauf wurde superanstrengend. Sie waren noch keine fünf Minuten hier und sie bekam bereits Kopfschmerzen. In einer Stunde war sie reif für die Klapsmühle, dann hatte Maja sie um den Verstand gebracht. »Er ist hässlich!«

»Ich finde ihn hübsch.« Verzückt sah Maja ihn an. »Er ist geschlechtsneutral.«

»Mag sein, aber ich finde ihn scheußlich. Den nehme ich nicht mal geschenkt.« Robyn sah sich um und entdeckte einen Stand mit Strampelanzügen. Bevor Maja sich erneut in Lobeshymnen ergoss, lenkte sie ihre Aufmerksamkeit auf die winzigen Teile.

»Ohhh. Wie niedlich. Komm. Wir suchen welche aus.« Maja zog Robyn mit und die war froh, dass der

Kinderwagenkauf erst mal verschoben war, aber in der Nacht träumte sie sicher von Delfinen.

42.

Mason sah auf die Uhr und rannte die letzten Meter, um nicht zu spät zum Meeting zu kommen. Das schätzte sein Vater gar nicht.

Vor der Tür stoppte er, strich sich durch die Haare und betrat den Konferenzraum. Den Blick seines Vaters zur Uhr entging ihm nicht, aber er war pünktlich. Zwar auf die letzte Minute, aber im Zeitrahmen.

»Guten Morgen zusammen.« Mason schloss die Tür hinter sich.

»Da wir jetzt vollzählig sind, können wir beginnen.« Brian baute sich am Kopf des Tisches auf und Mason setzte sich auf seinen Platz.

»Ich freue mich, dass Sie alle erschienen sind. Es gibt viel Erfreuliches zu berichten«, sagte Brian und eröffnete damit das Meeting.

»Bis zum nächsten Mal Brian. Es war eine reine Freude, heute Ihren Worten zu lauschen. So darf es gerne immer sein.«

»Wir geben uns Mühe Tom. Bis bald.« Brian verabschiedete ihn und schloss die Tür hinter ihm. »Wir wachsen in einem Tempo, das selbst mir ein wenig unheimlich ist.« Brian trat neben Mason ans Fenster. Vor dem Gebäude herrschte reges Treiben.

»Das Gefühl kenne ich. Niemals hätte ich das gedacht, als wir damals hierher gezogen sind.«

»Du warst mächtig sauer, wegen des Umzugs.«

»Ich habe alle Freunde zurücklassen müssen. Für mich war es wie ein Weltuntergang.«

»Verständlich.«

»Ich war wütend auf dich.« Die Erinnerungen daran lösten heute ein Schmunzeln aus, aber damals war es für ihn die Hölle auf Erden.

»Das lag am Alter. Du hast dich die erste Zeit schlimm aufgeführt.«

»Willst du alte Geschichten aufwärmen?«

»Nein. Ich bin viel mehr an Neuen interessiert.« Brian bedachte ihn mit einem Blick, der Mason nicht gefiel.

»Was willst du damit sagen?«

»Gar nichts. Ich hoffe, von dir etwas zu erfahren.« Brian schlenderte zum Tisch, schenkte sich in aller Seelenruhe einen Kaffee ein und setzte sich.

»Es gibt nichts zu berichten.« Mason zuckte die Schultern.

»Wirklich nicht?«

»Wenn es darum geht, dass Mum Robyn beim Verlassen eines Babygeschäfts getroffen hat – da ist nichts. Larrys Frau ist schwanger. Robyn hat sich nach einem Geschenk umgeschaut.« Hoffentlich fing sein Vater nicht, wie seine Mutter an und drängelte wegen eines Enkelkindes. Das sah ihm eigentlich nicht ähnlich. Er war ein besonnener Mensch, der keine voreiligen Schlüsse zog.

Robyn hatte ihm von dem Treffen erzählt und das seine Mutter enttäuscht war, dass kein Enkel in Sichtweite war. Ihm ging das manchmal auf die Nerven. Sie hatte ihn seit der Hochzeit bereits mehrmals gefragt, ob sie nicht an Nachwuchs dachten. Dazu drückte ihn jedes Mal bei der Frage das schlechte Gewissen.

Mason dachte an die Nacht mit Robyn. Automatisch stahl sich ein Lächeln auf sein Gesicht. Es war fantastisch gewesen, aber auch gefährlich. Zum Glück waren sie beide vernünftig genug, es nicht zu wiederholen.

»Lässt du mich teilhaben?«

Mason schreckte hoch. »Wie bitte?«

»Du hast so verzückt gelächelt. An was hast du gedacht?« Brian nippte am Kaffee, den Blick auf Mason gerichtet.

»Nicht wichtig.«

»Wenn du das sagst.« Brian stellte die Tasse weg.

»Was willst du eigentlich? Du bist heute irgendwie komisch.«

»Nichts liegt mir ferner, als Witze zu reißen.« Brian legte die Fingerspitzen gegeneinander.

Die Geste kannte Mason und sie verhieß nichts Gutes. Etwas war im Busch, nur was? Er hatte keine Ahnung.

»Setz dich.« Brian zeigte auf den Stuhl neben ihm.

Mason ignorierte die Aufforderung, sondern lehnte sich mit verschränkten Armen gegen die Fensterfront. »Kommst du bitte zur Sache?«

»Was genau meinst du?«

»Ich bin nicht blöd. Du willst auf irgendetwas hinaus und es macht mich wahnsinnig, dass du es nicht sagst, sondern drum herum redest.«

»Okay. Wenn du es so möchtest.«

»Ja.« Masons Anspannung wuchs, genau wie die Nervosität.

»Was ist das zwischen dir und Robyn?« Unverwandt sah Brian ihn an.

»Definierst du die Frage bitte präziser?«

»Lass es mich anderes formulieren. Wie seid ihr so plötzlich zusammengekommen? Haargenau zu dem Zeitpunkt, nachdem ich dir ein Ultimatum gestellt habe?«

Mason atmete kurz durch. Sagte er die Wahrheit?

»Nun. Dein Schweigen ist eigentlich Antwort genug.«

»Was meinst du damit?« Masons Stimme klang schneidend und schärfer als beabsichtigt.

»Du fühlst dich angegriffen, also liege ich nicht falsch.« Brian stand auf und schlenderte gemächlich durch den Raum.

Mason machte diese Ruhe wahnsinnig. Er kannte keinen ruhigeren Menschen, als seinen Vater. Ihn brachte nichts aus dem Gleichgewicht. »Womit liegst du nicht falsch?« Mason wollte wissen, ob er etwas wusste oder nur im Dunkeln stocherte, in der Hoffnung, er gab etwas preis.

»Mit meiner Vermutung.«

»Die wäre?«

»Dass die Hochzeit fingiert ist.« Brian blieb vor Mason stehen, verschränkte die Arme hinter dem Rücken und sah seinen Sohn gelassen an.

Mason wich die Farbe aus dem Gesicht. Er wusste es. »Woher ... wie bist du drauf gekommen?« Leugnen war zwecklos. Heute war der Tag der Wahrheit.

»Ich bin nicht von gestern. Ich setze dir ein Ultimatum, das du dir eine Frau suchen sollst. Kurz darauf präsentierst du uns Robyn als deine Zukünftige. Meinst du nicht, da wird selbst der Dümmste hellhörig?«

»Was blieb mir denn für eine Wahl? Du hast mich praktisch gezwungen, dass ich eine Ehe eingehe. Weil du Angst hattest, ich wäre ohne Frau an meiner Seite zu flatterhaft, um das Unternehmen zu lenken.« Mason schnaubte wütend.

»Ja, das habe ich. Du hast den Test bestanden.«

»TEST?« Mason rang um Fassung. »Was für ein Test?«

»Du hättest die Firma natürlich auch so bekommen. Ich wollte wissen, wie ernst es dir ist, der CEO zu werden. Du hast alles gegeben. Ich bin beeindruckt. Mir war von Anfang an klar, dass du mit Robyn einen Vertrag hast.« Brian nickte anerkennend. »Du hast die Situation hervorragend gelöst.«

»Das findest du hervorragend?«

»Ja, auch eure Schauspielkünste. Ihr meistert es beide mit Bravour.«

Mason sackten die Beine weg. Er rutschte am Fenster hinunter und blieb am Boden sitzen. »Ich fasse es nicht. Wie konntest du nur?« Mason legte die Hände vors Gesicht.

Brian setzte sich neben ihn. Er zog ihm die Hände vom Gesicht. »Es tut mir leid. Im Nachhinein weiß ich, das war falsch. Aber als ich die Idee hatte, fand ich sie großartig. Ohne über die weitreichenden Konsequenzen nachzudenken, habe ich sie dir um die Ohren gehauen. Als mir Zweifel kamen, hast du uns Robyn vorgestellt und ich konnte nicht mehr zurück.« Betrübt senkte Brian den Blick.

»Wegen Mum.« Seine Mutter war so aus dem Häuschen, dass sein Vater keinen Rückzieher mehr machen konnte.

»Ja. Es hätte ihr das Herz gebrochen. Kannst du mir verzeihen?« Bittend sah er Mason an.

»Ja. Jeder macht Fehler.« Keiner war unfehlbar, auch sein Vater nicht. Und es gab Schlimmeres, als mit einer tollen Frau verheiratet zu sein.

»Danke mein Sohn.« Brian zog ihn in die Arme und drückte ihn.

Anschließend stand Mason auf und half seinem Vater hoch.

»Du sollst wissen, dass ich mir keine bessere Frau für dich vorstellen kann, als Robyn. Sie ist eine tolle Frau. Das meine ich ehrlich.«

»Danke.« Mason war froh, über die Worte.

»Besteht die Chance, dass ihr ... vielleicht richtig zusammenkommt?« Hoffnungsvoll sah Brian ihn an.

Mason schüttelte den Kopf. »Nein. Wir haben vereinbart, sobald die Wahrheit ans Licht kommt, die Scheidung einzureichen.«

»Es tut mir leid. Auch was ich deiner Mutter aufgebürdet habe. Ich werde ihr alles beichten. Es war mein Fehler und dafür stehe ich gerade.«

»Warte aber bitte, bis ich mit Robyn gesprochen habe.«

»Okay, wenn du mir grünes Licht gibst, kläre ich deine Mutter auf.« Brian drückte seinen Sohn. »Es tut mir so leid.«

»Alles gut Dad.« Mason klopfte ihm auf dem Rücken. Sein Vater bereute es ehrlich und er verzieh ihm. Seine nächste Aufgabe bestand darin, mit Robyn die Scheidung zu besprechen.

43.

»Ich glaube, ich brauche Baldrian. Die Familienflasche am besten.« Robyn tigerte durchs Wohnzimmer und bei jedem Motorengeräusch stürzte sie ans Fenster, nur um festzustellen, dass es nicht Mason war.

»Er kommt gleich. Setz dich. Du machst mich nervös, wenn du herumläufst.« Maja zog die Füße aufs Sofa.

»Ich ...« Robyn stockte, als sie Masons Wagen in die Einfahrt einbiegen sah. »Er ist da.« In ihrem Hals bildete sich ein Kloß und der Mund war trocken. Sie kam sich vor, wie eine Blume in der Wüste. Hektisch trank sie einen Schluck Wasser, damit sie überhaupt ein Wort herausbekam.

»Du schaffst das.« Maja kam zu ihr und nahm sie in den Arm. »Wenn du mich brauchst, schrei laut. Ich bin in der Küche.«

»Danke«, sagte Robyn leise. Sie war froh, Maja an ihrer Seite zu wissen.

Maja ging in die Küche und Robyn öffnete die Haustür.

»Das nenne ich mal eine Begrüßung.« Mason betrat das Haus. »Wie war euer Tag?«

Robyn dachte an die drei Strampler, die sie gekauft hatte. »Wir hatten Spaß.«

»Das ist schön.«

»Ich muss mit dir reden«, platzte es aus Robyn heraus. Weiter Small Talk zu betreiben, dazu fehlten ihr die Nerven. Die schien sie heute irgendwo verloren zu haben. Sie war ein einziges nervöses Bündel Mensch.

»Ist alles in Ordnung?« Besorgt sah Mason sie an.

»Ja, ist es, aber ich muss dir etwas erzählen. Es ist wichtig.« Wenn er wüsste, dass sich sein Leben gleich änderte. Wahrscheinlich fiel er aus allen Wolken.

»Das trifft sich gut. Ich habe auch Neuigkeiten. Setzen wir uns ins Wohnzimmer?«

»Ja.« Robyn ging vor. Sie war verkrampft. Was hatte Mason zu sagen? Jedenfalls führte es nicht dazu, dass sie sich entspannte. Eher das Gegenteil. Die Unruhe verstärkte sich.

Man beichtete einem Mann ja nicht jeden Tag, dass man ein Kind von ihm bekam.

»Möchtest du etwas trinken?«, fragte Mason.

»Nein.«

»Okay, ich hole mir einen Kaffee.« Mason verließ das Wohnzimmer und Robyn kam die Minute, bis er zurückkam, vor wie ein halbes Leben. Wie, wenn man beim Zahnarzt bereits auf dem Stuhl saß, der Arzt aber gefühlte Jahre später erst zur Behandlung auftauchte.

»Ich wäre soweit.« Mason nahm Robyn gegenüber Platz. »Möchtest du zuerst?«

»Ich lasse dir den Vortritt.« Robyn wusste, dass sie versuchte, Zeit zu schinden.

»Ich warte auch gerne.«

Robyn sammelte sich für das Unausweichliche. Bevor sie beginnen konnte, klingelte Masons Handy.

»Sorry.« Er sah aufs Handy, dabei runzelte er die Stirn. »Entschuldige, da muss ich drangehen, es ist wichtig.«

»Kein Problem.« Robyns Lächeln glich einer Maske. Es wurde stetig unerträglicher und der Druck wuchs.

Mason verließ das Zimmer und nahm das Gespräch draußen an, was Robyn ein wenig wunderte. Allerdings schoss ihr gleich ein Gedanke in den Kopf. Das war bestimmt diese Frau. Keine Ahnung, wie oft er sich mit ihr traf. Es versetzte ihr einen Stich.

»Psst.«

Robyn sah zur Tür, an der Maja stand und ihr Handzeichen gab, ihr zu folgen.

»Was ist?«

Maja legte den Finger an die Lippen und zog sie mit sich unter die Treppe, dort befand sich eine Nische. Deutlich hörten sie Mason sprechen.

Robyn runzelte die Stirn. Auf keinen Fall lauschte sie. Sie wollte gehen, aber Maja hielt sie entschlossen fest und als Mason ihren Namen sagte, war die Neugier geweckt. Sie kauerte sich neben Maja und lauschte dem Gespräch.

»Heute? Jetzt?«

Robyn überlegte, was heute wohl war und vor allem, mit wem redete er?

»Natürlich komme ich. Ja. Das hat absolute Priorität.«

Maja stupste sie an, aber Robyn zuckte ratlos die Schultern. Sie hatte keine Ahnung, um was es ging.

»Du weißt, ich bin für dich da. Was? Nein. Ich habe noch nicht mit Robyn gesprochen.«

Robyn fühlte sich, als schoss ein Blitz durch ihren Körper. Ihr wurde schlecht. Maja legte ihr die Hand auf den Arm, was sie ein wenig beruhigte. Wie gut, dass sie das nicht alleine durchstehen musste.

»Ja, ich weiß, dass ich es ihr längst hätte sagen sollen. Ja, du hast recht. Sie hat die Wahrheit verdient. Ich werde mit ihr reden, um das zu klären.«

Majas sorgender Blick traf sie. Sie dachte wohl dasselbe wie sie. Mason hatte tatsächlich eine andere. Das schmerzte, aber er hatte ihr gegenüber keine Verpflichtung.

»Ich komme jetzt. Natürlich bleibe ich die ganze Nacht. Ich lasse dich danach doch nicht alleine da liegen.«

Robyn legte die Hand vor den Mund, um ein Schluchzen zu unterdrücken. Tränen standen in ihren Augen. Und sie wollte Mason ihre Liebe gestehen. Wie gut, dass der Anruf dazwischenkam. So gab sie sich nicht der Lächerlichkeit preis. Sie presste die Lippen aufeinander. Es tat so unglaublich weh.

»Ich fahre jetzt los. Bis gleich. Was? Du wartest im Bett? Okay. Ich habe ja einen Schlüssel.«

Nun legte Robyn beide Hände auf den Mund, damit sie nicht schrie. Vor Wut, vor Verzweiflung, Scham und Trauer. Alles auf einmal.

Mason lief die Treppe hinunter und Maja gab Robyn zu verstehen, dass sie dort bleiben sollte. Sie selbst kroch aus dem Verschlag und Robyn hörte sie kurz darauf mit Mason reden.

»Wo ist Robyn?«

»Auf der Toilette.«

»Sag ihr bitte, ich muss weg. Es handelt sich um einen Notfall. Ich komme wohl erst morgen früh nach Hause. Richte ihr aus, wir vertagen das Gespräch und dass es mir leidtut. Das duldet keinen Aufschub. Ich muss sofort los.«

»Ich richte es ihr aus.«

»Danke.«

Kurz darauf klappte die Haustür zu und Robyn hörte Masons Wagen vom Grundstück fahren. Nun gab es keinen Grund mehr, ruhig zu sein und sie ließ ihren Tränen freien Lauf.

44.

Zusammengekauert und tränenüberströmt – so fand Maja Robyn einige Minuten später vor, als sie die Haustür hinter Mason geschlossen hatte.

»Er ist weg.«

»Ich ... habe es gehört.« Robyn zog die Nase hoch. Wieso hatte man nie ein Taschentuch griffbereit, wenn man eins brauchte?

Maja hielt ihr die Hand hin. »Komm, ich helfe dir. Du legst dich erst mal hin, um dich zu beruhigen. Ich koche dir einen Tee.«

Robyn krabbelte aus dem Verschlag hervor und ließ sich von Maja ins Wohnzimmer führen. Wie in Trance setzte sie sich aufs Sofa. Dass Maja eine Decke über ihre Beine legte, nahm sie nur am Rande wahr.

»Hier.«

»Danke.« Robyn nahm das Taschentuch und putzte sich die Nase. Sie fühlte sich elend. Der Mann, den sie über alles liebte, war zu einer anderen Frau gefahren. Die er wahrscheinlich liebte. Morgen konfrontierte er sie dann mit der Wahrheit, dass er eine andere hatte. Ob er die Scheidung wollte? Es machte Sinn. Welche Frau hatte gerne, dass der Auserwählte, mit einer anderen verheiratet war.

Robyn zog die Beine hoch und umschlang sie mit den Händen. Das Kinn legte sie auf den Knien ab. So verharrte sie und dachte über die verfahrene Situation nach.

»Hier. Dein Tee. Kamille. Das beruhigt die Nerven.« Maja stellte die Tasse auf den Tisch.

»Danke.« Robyns Blick glitt ins Leere.

»Leg dich doch was hin.«

»Nein. Schlafen kann ich jetzt nicht.« Robyn stellte die Füße auf den Boden und griff nach der Tasse, um sich die Hände daran zu wärmen. Trotz der milden Temperaturen fühlten sie sich wie Eisklumpen an.

»Verständlich.« Maja setzte sich neben sie. »Wie geht es weiter?«

Hilflos zuckte Robyn die Schultern. »Keine Ahnung. Ich fühle mich elend. Stell dir vor, ich hätte ihm gesagt, dass ich ihn liebe. Dann diese Schmach. Oh Gott. Gut, dass, das

Telefonat dazwischenkam. Sein Mitleid will ich nicht.« Sie hatte ihren Stolz. Die Gefühle vergrub sie tief in sich.

»Was ist mit ... dem Baby?«, fragte Maja vorsichtig nach.

»Von der Schwangerschaft erzähle ich ihm. Wie du sagst, es ist sein Kind und er hat ein Recht darauf, es zu erfahren und, wenn er möchte, sich einzubringen.« Robyn ging davon aus. Mason würde sein Kind niemals im Stich lassen.

»Ich bin immer für dich da.«

»Dafür bin ich dir sehr dankbar.« Robyn zog Maja in ihre Arme und drückte sie fest an sich. Auf Maja konnte sie sich verlassen.

»Dafür sind Freunde da.«

Robyn pustete in die Tasse und trank vorsichtig einen Schluck von der heißen Flüssigkeit. »Da fehlt Zucker.« Sie verzog das Gesicht.

»Er soll beruhigen, nicht aufputschen.«

»Mich beruhigt heute garantiert nichts mehr. Höchstens der Holzhammer, alternativ geht auch eine Bratpfanne.«

»Lieber nicht. Nachher ist sie verbeult.«

»Vielen Dank.« Ein kleines Lächeln zeigte sich auf Robyns Gesicht. Trübsal blasen brachte sie nicht weiter. Also entschied sie, positiv zu denken.

»Das wollte ich sehen. Ein Lächeln.« Maja wischte ihr die letzte Träne von der Wange.

Robyn sprang wie elektrisiert auf. »Was ist los?«

»Ich möchte es meinen Eltern sagen.«

»Dass du ein Baby erwartest?«

»Ja.«

»Eine großartige Idee. Sie werden aus dem Häuschen sein, vor Freude.«

»Das hoffe ich.« Robyn lief aus dem Zimmer.

»Hey, wo willst du hin?« Maja folgte ihr die Treppe hinauf. »Dein Handy liegt unten.«

»Was soll ich damit?«

»Deine Eltern anrufen vielleicht?«

»Nein. Ich packe.« Robyn ging ins Schlafzimmer und nahm einen Koffer heraus.

»Packen?«

»Ja. Ich fliege morgen hin. Ich möchte es ihnen persönlich sagen.« Robyn nahm einige Oberteile heraus, legte sie in den Koffer, räumte sie wieder raus, stopfte stattdessen eine Hose hinein und schuf so innerhalb von Sekunden ein Chaos.

»Du bist nicht gut in Tetris, oder?« Zweifelnd sah Maja auf den wachsenden Wäscheberg und das Durcheinander im Koffer.

»Nein. Ich schaffe nie vier Blöcke.« Robyn warf Unterwäsche zur Hose, gefolgt von einem Paar Schuhe.

»Glaube ich dir ungesehen. Hast du schon mal einen Koffer gepackt?«

»Ja, aber nicht besonders gut. Ich lege zwei Sachen hinein und er lässt sich nicht mehr schließen. Da bin ich völlig talentfrei.«

»Sieht man.« Maja schob Robyn zur Seite. »Ich helfe dir.«

»Danke.« Robyn war zu sehr durch den Wind. Sie sah auf die wahllos hineingeworfenen Teile und schüttelte über sich selbst den Kopf. Wie schaffte ein einzelner Mann es, sie so aus dem Konzept zu bringen?

Maja leerte den Koffer und sah Robyn an. »Alles, was du mitnehmen möchtest, legst du aufs Bett und ich packe es ein. Was hältst du davon?«

»Klingt nach einem Deal.«

»Dann mal los.«

Nickend sah Robyn in den Kleiderschrank und wählte aus, was sie mit auf die Reise nahm.

»Fertig.« Maja klappte den Koffer zu und schloss den Reißverschluss.

»Du bist die Beste.« Robyn ließ sich aufs Bett sinken. Inzwischen hatte sich der Schock verflüchtigt und sie konnte wieder mit voller Kraft denken. Das Wichtigste für sie war ihr Baby. Wie weit Mason sich einbringen wollte, sah sie dann. Seine neue Freundin war bestimmt begeistert, dass er ein Kind mit einer anderen bekam. Bei dem Gedanken keimte etwas Schadenfreude in ihr auf, obwohl die andere Frau nichts dafür konnte. Aber sie war verletzt, auch wenn sie Mason das nicht zeigen würde.

»Komm mit.« Maja sah sie auffordernd an.

»Wohin?«

»In mein Zimmer.«

»Wieso das?«

»Ja, glaubst du im Ernst, ich lasse dich alleine fliegen? Ich komme natürlich mit und stehe dir bei.«

Robyn sprang auf und umarmte sie. »Habe ich mal erwähnt, dass du die Beste bist?«

»Ja, das habe ich eben noch gehört. Wo war das nur?« Maja grinste. Sie freute sich, dass Robyns Lebensgeister zurückkehrten.

»Dann mal los. Du suchst aus und ich packe ... ach nein. Lieber nicht.«

»Dann sind wir zur Geburt noch hier.«

»Hey.« Lachend folgte Robyn Maja in ihr Zimmer, fest entschlossen, das Leben für sich und ihr Baby, so schön, wie möglich zu gestalten.

45.

Gähnend schloss Mason die Haustür auf. Er war so müde. Kein Wunder, nach der durchwachten Nacht, aber es hatte sich gelohnt. Ein Lächeln bildete sich auf seinem Gesicht, das ihm beim Betreten des Hauses augenblicklich verging.

Maja stand, in einen Morgenmantel gewickelt, auf der untersten Treppenstufe und sah ihn finster an.

»Guten Morgen.« Er hoffte, sie war nur auf Koffeinentzug. Er brauchte dringend welchen.

»Ich wüsste nicht, was an diesem Morgen gut sein soll«, zischte Maja.

Erstaunt sah Mason sie an. Was war denn in Maja gefahren? So kannte er sie nicht. Überhaupt erinnerte er sich nicht daran, sie mal schlecht gelaunt gesehen zu haben. Fast immer trug sie ein Strahlen im Gesicht, außer jetzt. Sie machte mit ihrer grimmigen Miene jedem Miesepeter Konkurrenz.

»Hast du was?«

»Gut erkannt.« Mit vor der Brust verschränkten Armen kam sie näher.

Automatisch wich Mason einen Schritt zurück. Ihr Blick beunruhigte ihn. »Möchtest du darüber reden?«

»Oh ja.« Sie blieb so dicht vor Mason stehen, dass nur wenige Millimeter sie trennten.

»Darf ich mir einen Kaffee nehmen, bevor du erzählst, was dich so aufregt.« Mason wollte an Maja vorbei, aber die ließ ihn nicht.

»Nein!« Sie tippte ihm mit dem Finger auf die Brust. »Du hörst mir jetzt zu. Hier. Mir reicht es nämlich.« Maja hatte vorhin Masons Wagen gehört und beschlossen, zu handeln. Robyn ahnte davon nichts, aber sie tat es für sie. Sie wollte sie nicht länger leiden sehen. Genau das passierte aber, wenn nicht klare Grenzen gezogen worden und dafür sorgte Maja nun.

»Okay. Wie du möchtest.« Mason hob beide Hände. »Du schießt hoffentlich nicht auf einen unbewaffneten Mann.«

»Nicht witzig.«

»Tut mir leid. Lass hören.«

»Was denkst du dir eigentlich dabei? Haust gestern einfach ab und verbringst die ganze Nacht bei deiner Geliebten, obwohl du mit Robyn verheiratet bist. Schämst du dich wenigstens dafür? Robyn hat sich die Augen ausgeheult deswegen.«

Mason wusste nicht, wie ihm geschah. Noch weniger hatte er eine Ahnung, wovon Maja sprach. »Was für eine Geliebte? Ich kann dir nicht folgen.«

»Ach komm. Tu nicht so unschuldig. Wir haben das Gespräch gehört. Robyn ist am Boden zerstört. Interessiert es dich eigentlich, was du ihr damit antust?«

Majas Blick war Furcht einflößend. Nie hätte er gedacht, dass sie so böse gucken konnte. »Moment. Der Reihe nach. Wieso weint Robyn sich die Augen aus? Wir sind nicht wirklich ein Paar.« Der Aspekt ließ ihn aufhorchen, aber er freute sich lieber nicht zu früh.

»Weil sie dich liebt, du Idiot.« Maja schlug sich die Hand vor den Mund. Das war ihr herausgerutscht. Oh nein. Sie hatte Robyn verraten. »Vergiss, was ich gesagt habe.«

Robyn liebte ihn? Masons Adrenalinspiegel stieg steil an, aber er wollte erst die zweite Frage klären, die für ihn völlig im Dunkeln lag. »Wann habe ich am Telefon gesagt, ich fahre zu meiner Geliebten?«

Maja gab den Teil des Gespräches wieder.

Mason sah sie einen Moment an, dann fing er lauthals an zu lachen.

»Darf ich erfahren, was daran so lustig ist?« Maja trommelte mit den Fäusten auf seiner Brust herum.

»Was macht ihr da?«

Maja und Mason fuhren auseinander und sahen zur Treppe, die Robyn langsam herunterkam.

»Prügelt ihr euch?« Irritiert sah Robyn die beiden an.

»Nein. Mason hat nur eine seltsame Art von Humor.« Maja warf ihm einen giftigen Blick zu.

»Ich kläre alles auf. Aber zuerst muss ich etwas tun, was ich mir schon sehr lange wünsche.« Langsam ging er auf Robyn zu.

»Was denn?«

Mason blieb dicht vor ihr stehen. »Das.«

Ehe Robyn sich versah, lag sie in Masons Armen, der ihren Mund mit einem zärtlichen Kuss verschloss.

Als er sie freigab, taumelte sie kurz und Mason hielt sie fest.

»Warum hast du mich geküsst?«

»Robyn. Ich liebe dich.« Mason strich ihr liebevoll über die Wange.

Robyn schnappte nach Luft. »Was?«

»Das ist die Stelle, wo du sagst, dass du mich auch liebst.«

»Und was wenn nicht?«

»Maja hat dich verraten.«

»Wie bitte?« Sie sah an Mason vorbei. »Du hast was getan?«

»Es war ein Versehen. Wirklich.« Maja verfolgte gebannt das Geschehen und konnte kaum glauben, was sich gerade zutrug. Das war spannender als ein Krimi.

Robyn sortierte ihre Gedanken. Mason liebte sie? Richtig angekommen war es noch nicht im Oberstübchen. Zudem gab es eine weitere Unbekannte in der Rechnung. »Was ist mit der Frau, wo du die Nacht warst?« Robyn befreite sich aus seiner Umarmung. Sie wollte erst wissen, was los war, bevor sie ihm in irgendeiner Form ihre Liebe gestand.

»Vorschlag. Ich brühe Kaffee und dann erzähle ich euch alles. Einverstanden?«

»Ja«, sagte Robyn und Maja nickte.

»Setzt euch, ich komme gleich nach.« Mason verschwand in der Küche und fünfzehn Minuten später saßen die drei mit Kaffee im Wohnzimmer.

»Wir sind ganz Ohr«, sagte Maja.

»Es ist so. Ich war heute Nacht tatsächlich bei einer Frau, aber es handelt sich dabei um eine alte Freundin. Zwischen uns läuft nichts.«

»Was hast du da nachts zu suchen?« Robyn nippte am Kaffee.

»Ich habe Lina mit einem Freund verkuppelt. Erst lief alles prima. Dann wurde sie schwanger und er hat sie sitzen lassen. Von heute auf morgen ist er untergetaucht. Hatte die Wohnung gekündigt und sie saß auf der Straße, ohne Job. Vollkommen Mittelos. Denn er hat nicht nur sein Konto, sondern auch ihres geplündert.«

Robyns Finger klammerten sich um die Tasse. »Die Arme.«

»Ich fühlte mich verantwortlich, weil ich sie zusammengebracht habe. Ich habe ihr geholfen, eine Wohnung zu finden und einen Job vermittelt.«

»Warst du deshalb öfters mal weg?«

»Ja.«

Langsam ergab alles einen Sinn. »Hat sie heute Nacht entbunden?« Das war die einzige logische Schlussfolgerung.

»Ja. Ich habe ihr versprochen, dass ich bei der Geburt dabei bin.« Mason stürzte den Kaffee hinunter.

»Am Telefon hast du erwähnt, du sagst es Robyn«, klinkte Maja sich ein. »Was meintest du damit?«

»Ich habe Lina von der Vereinbarung erzählt und das ich mich in Robyn verliebt habe. Sie hat darauf gedrängt, dass ich es sage und jedes Mal geschimpft, wenn ich wieder nicht den Mut dazu hatte.« Mason lächelte verlegen. »Ich hatte Angst.«

»Verständlich. Mir ging es genauso.« Das Puzzle vervollständigte sich damit. Mason hatte keine Freundin. Robyn schluchzte auf. Verdammte Hormone.

Mason rutschte zu Robyn und wischte ihr die Träne weg. »Nicht weinen.«

»Das sind Freudentränen. Mason?«

»Ja?«

»Ich liebe dich auch.«

»Oh Robyn. Du ahnst nicht, wie mich das gequält hat. Als ich dich im Diner gesehen habe, da spürte ich es bereits und glaub mir – das Gefühl ist immer stärker geworden. Unsere Nacht hat nicht zur Abmilderung beigetragen.«

»Frag mich mal.« Robyn kuschelte sich in seinen Arm. »Es war unerträglich, dich zu lieben, aber dich nicht haben zu dürfen.«

»Jetzt hast du mich an der Backe.«

»Und du uns.« Robyns Herz klopfte schneller. Sie setzte sich auf.

»Uns? Meinst du Maja?«

Die Frauen fingen an zu lachen.

»Nein«, sagte Robyn grinsend.

»Wen denn?«

Robyn nahm Masons Hand und legte sie auf ihren Bauch. Der sah sie erst verwundert an, dann weiteten sich die Augen.

»Du bist schwanger?«

»Ja. Wir bekommen ein Baby.«

»Das ist großartig.« Mason küsste Robyn, dabei streichelte er zärtlich ihren Bauch. »Ich liebe dich.«

»Ich dich auch.« Robyn schmiegte sich an Mason und sie wusste, sie hatte das ganz große Los gezogen.

46.

Mit quietschenden Reifen brachte Mason den Wagen vor dem Krankenhaus zum Stehen. »Wir sind da.«

»Ein Wunder, dass uns keiner angehalten hat. Du solltest eine Karriere als Rennfahrer anstreben.« Robyn versuchte sich abzuschnallen, aber der Bauch war ihr im Weg.

»Warte. Ich helfe dir.« Mason löste den Gurt, lief um den Wagen herum und half Robyn aus dem Auto.

»Danke.« Sie sah auf die Uhr. »Alle fünf Minuten.«

»Ist das gut?«

»Ich glaube ja.«

Mason nahm die Tasche aus dem Wagen. »Gehen wir hinein.«

»Ich will eigentlich nicht.« Robyns Wehen hatten vor einigen Stunden eingesetzt und die Hebamme am Telefon hatte sie gebeten zu kommen, wenn die Zeit zwischen den Wehen fünf Minuten betrug. Sie freute sich, ihre Tochter endlich in den Armen zu halten. Nur noch die Geburt trennte sie von ihr.

Mason war ein toller Partner. Nach der Aussprache damals hatten sie eine zweite Hochzeit gefeiert. Mit allen Freunden und Verwandten. Ihre Eltern waren überglücklich, dass sich die Vertragsehe in eine echte gewandelt hatte.

Ellen hatte zuerst ein wenig verschnupft reagiert, aber das hatte sich schnell gelegt und in Vorfreude verwandelt. Sie umsorgte Robyn wie eine Glucke. Manchmal war es ihr zu viel. Aber sie würde eine tolle Großmutter sein, die hoffte, dass sie oft auf ihre Enkelin aufpassen durfte.

»Da seid ihr ja.« Ellen kam ihnen beim Betreten des Krankenhauses entgegen. »Liebes. Wie geht es dir?«

»Fantastisch.« Robyn grinste und hielt sich den Bauch. Ein leises Stöhnen entwich ihr.

»Eine Wehe?«, fragte Ellen.

Robyn nickte verkniffen. Tat das weh.

»Einen Rollstuhl für meine Schwiegertochter. Sie bekommt ein Baby«, rief Brian einem Pfleger zu, der sofort einen brachte.

»Setz dich.« Mason half ihr hinein. »Ich erledige die Formalitäten.«

Maja stürzte in die Aufnahme. »Ich bin noch pünktlich. Gott sei Dank.« Sie hockte sich neben den Rollstuhl. »Tut es sehr weh?«

»Ein bisschen.« Robyn grinste.

»Ich halte deine Hand. Die ganze Zeit, wenn du willst.«

»Danke.«

»Mrs Stone. Dann wollen wir mal. Ich bringe Sie in den Kreißsaal.« Die Krankenschwester nahm den Rollstuhl und die anderen folgten ihr.

»Gibt es hier Kaffee?«, fragte Brian.

»In der Cafeteria«, sagte die Krankenschwester.

»Wie kannst du an Kaffee denken, wenn gleich deine Enkelin geboren wird«, tadelte Ellen ihren Mann.

»Das wird noch etwas dauern. Da schaffen Sie ein paar Kannen.«

»Sie machen mir Mut.« Robyn sank im Rollstuhl zusammen. Sie hoffte auf eine schnelle Geburt, aber die Statistik sagte, dass die erste Geburt meistens länger dauerte.

»Das wird schon. Drin geblieben ist noch keins.« Die Krankenschwester blieb vor dem Kreißsaal stehen.

»Wie tröstlich.«

»Zwei dürfen zur Unterstützung mit hinein. Der Rest muss leider vor der Tür warten.«

»Ich warte hier.« Brian setzte sich auf einen Stuhl, die in langen Reihen im Gang standen.

»Maja, gehen wir mit in den Kreißsaal?« Ellen sah Maja an.

»Ähm. Mum. Hallo. Ich bin auch da«, sagte Mason.

»Du bist ein Mann. Nachher fällst du um und machst den Schwestern zusätzliche Arbeit.«

»Ich möchte gerne, dass Mason dabei ist.« Robyn griff nach seiner Hand. Auf keinen Fall blieb er vor der Tür.

»Früher war das ja anders. Die modernen Zeiten heute. Maja, geh du mit. Die alten Leute warten vor der Tür.« Ellen setzte sich neben ihren Mann. »Wolltest du nicht Kaffee?«

»Ja gerne.«

»Bring mir bitte einen Tee mit.« Ellen nahm ein Buch aus der Handtasche und schlug es auf. Es war ein Babyratgeber.

»Dann mal los.« Die Krankenschwester schob sie in den Kreißsaal und übergab sie der Hebamme, die resolut aussah und ein wenig streng.

»Robyn. Richtig?«

»Ja.«

»Ich bin Schwester Elfriede. Wir werden ein wenig Zeit miteinander verbringen.« Sie nickte Maja und Mason zu. »Unterstützung haben Sie auch. Das ist schön. Wird einem die Zeit nicht so lange.«

Sie half Robyn auf die Liege und schloss das CTG an, um die Herztöne des Babys zu überwachen. Anschließend untersuchte sie den Muttermund.

»Erst drei Zentimeter. Wir haben noch Zeit.«

»Ahhhh«, stöhnte Robyn, die von einer Wehe überrollt wurde.

»Atmen. Nicht in den Kopf Kindchen. In den Bauch. Sodass er sich hebt. Das schafft ein wenig Erleichterung. Richtiges Atmen ist sehr wichtig.«

Robyn stimmte dem zu, nur fiel es einem mit Schmerzen, die man sich vorher nicht mal vorstellen konnte, recht schwer.

»Da kommt wieder eine.« Robyn veratmete auch diese und ahnte, dass es eine sehr lange Nacht wurde.

***

»Ja. Pressen. Pressen. Noch ein wenig mehr.«

»ARRRGGGG.« Robyn bekam kaum Luft vor lauter Pressen. Sie war so erschöpft. »Ich kann nicht mehr.«

»Das schaffen Sie. Ich sehe den Kopf.« Der Arzt, der irgendwo zwischen ihren Beinen hing, feuerte sie an. Sie kam sich vor wie auf dem Fußballplatz.

Robyn kniff die Augen zusammen und sie spürte, wie etwas aus ihr herausglitt.

»Der Kopf ist da. Noch einmal, dann haben Sie es geschafft.«

Robyn presste ein letztes Mal und dann hörte sie ihr Baby schreien. Nie hatte sie etwas Schöneres gehört.

Der Arzt legte Robyn das Baby auf den Bauch.

»Sie ist wunderschön.« Robyn streichelte ihr ganz zart über den Kopf. Sie sah so zerbrechlich aus.

»Unsere Tochter.« Mason verdrückte sich eine Träne.

»Ein Wunder, so ein kleines Wesen.« Maja stand auf der anderen Seite. Sie freute sich so sehr für die beiden.

»Haben Sie schon einen Namen?«, fragte Schwester Elfriede.

»Emma.«

»Ein schöner Name«, sagte Elfriede lächelnd. »Soll ich die Großeltern hereinholen? Ich glaube, die scharren schon mit den Hufen.«

»Ja danke. Das wäre lieb«, sagte Robyn.

»Wo ist sie?« Ellen flatterte ins Zimmer und blieb erstarrt stehen, als sie ihr Enkelkind sah. »Oh. Sie ist so winzig.«

»Das haben Babys so an sich«, sagte Brian. Er schlug Mason auf die Schulter. »Gut gemacht.«

»Hey. Die Arbeit hatte ich. Mason war nur am Vergnügen beteiligt.« Robyn hob lachend den Zeigefinger.

»Sag besser nichts mehr. Sieh mal.« Mason zeigte seinen Arm, den tiefe Abdrücke zierten.

»Von Robyn?«

»Ja.«

»Respekt.«

»Kein Vergleich zu dem, was ich durchhabe«, sagte Robyn. »Komm her, sieh dir deine Enkelin an«, forderte sie Brian auf.

»Sie ist wunderschön.«

»Genau wie die Mutter.« Mason hockte sich auf die Bettkante und sah Robyn liebevoll an.

Robyn zerfloss bei dem Blick und sie konnte es kaum erwarten, ihr Leben zu dritt zu beginnen.

Ende

Weitere Bücher von Nicolette Verstege

Herzklopfen auf Garantie

Kopfüber ins Blind Date

Kopflos in die Liebe

Küsse niemals deinen besten Freund

Küsse in der Buchstabensuppe

Keine Küsse für den Nachbarn

Sommerstrandküsse

Auftrag ins Glück

Umweg Richtung Liebe

Herzgeknister per SMS

Mein Nachbar – Mr. Right

Küsse oder Saures

Besen vorhanden – Hexe gesucht

Halloweenlove Undercover

Weihnachtschaos inklusive

Weihnachtsmann inkognito

Weihnachtswinterzauber

Santa frei Haus

My Xmas Millionaire

All-Inklusive Mann zu Weihnachten gesucht

Impressum

Nicolette Verstege

Bückerfeldstraße 26

47803 Krefeld

Printed in Poland
by Amazon Fulfillment
Poland Sp. z o.o., Wrocław

72512578R00193